SUPERHÉROES

SUPERHÉROES

SUPERMETOMENTODO

COPÉRNICA

La cocinera-científica de los superhéroes, que controla la base secreta.

Metomentodo Quesoso es el superhéroe conocido como Supermetomentodo. ¡Es el jefe de los superhéroes!

YO-YO

Joven y dinámica, puede hacerse inmensa o minúscula.

LADY BLUE

Heroína misteriosa, llega siempre cuando los superhéroes están en dificultades.

MAGNUM

Su supervoz destruye a todas las ratas de cloaca.

BANDA DE LOS FÉTIDOS

BLACKY BON BON

Jefe de la banda de los Fétidos. Es un déspota cruel y lleno de fobias.

MÁKULA BON BON

Es la mujer del Jefe. Es la que manda en la familia.

KATERINO

Es el contacto del Jefe con los roedores de Muskrat City.

FIEL BON BON

Joven hija del Jefe, obtiene venenos peligrosísimos de plantas e insectos.

UNO DOS TRES

Los tres guardaespaldas del Jefe son grandes y robustos, pero con poca sustancia en la cocorota.

Textos de Geronimo Stilton
Inspirado en una idea original de Elisabetta Dami
Diseño original del mundo de los superhéroes de Flavio Ferron y Giuseppe Facciotto
Coordinación artística de Flavio Ferron
Asistencia artística de Tommaso Valsecchi
Ilustraciones de Giuseppe Facciotto *(dibujo)*, Daniele Verzini *(coloración)*
Cubierta de Giuseppe Facciotto y Daniele Verzini
Diseño gráfico y maquetación de Michela Battaglin y Yuko Egusa

Título original: *Il giallo del costume giallo*
© de la traducción: Manel Martí, 2011

Destino Infantil & Juvenil
infoinfantilyjuvenil@planeta.es
www.planetadelibrosinfantilyjuvenil.com
www.planetadelibros.com
Editado por Editorial Planeta, S.A.

© 2010 - Edizioni Piemme S.p.A., Via Tiziano 32, 20145 Milán - Italia
www.geronimostilton.com
© 2012 de la edición en lengua española: Editorial Planeta, S.A.
Avda. Diagonal, 662-664, 08034 Barcelona
Derechos internacionales © Atlantyca S.p.A., Via Leopardi 8, 20123 Milán - Italia
foreignrights@atlantyca.it
www.atlantyca.com

Primera edición: febrero de 2012
ISBN: 978-84-08-10872-6
Depósito legal: B. 550-2012
Impresión y encuadernación: Cayfosa
Impreso en España - Printed in Spain

El papel utilizado para la impresión de este libro es cien por cien libre de cloro y está calificado como **papel ecológico**.

Geronimo Stilton

EL MISTERIO
DEL TRAJE AMARILLO

DESTINO

Desde la cima del Muskratower, el rascacielos más alto de Muskrat City, llegan gritos y golpes y se ven estallar relámpagos.

El edificio tiembla, sacudido por tremendos porrazos. En la terraza del último piso se está librando un COMBATE memorable.

Decenas de metros más abajo, los muskratenses que pasan por allí no parecen alterarse en absoluto… a lo sumo, echan un VISTAZO distraído y comentan despreocupados:

—Ya estamos de nuevo…

—¡Otro enfrentamiento entre superhéroes y ratas de cloaca!

—¿Qué pasa?: ¿un robot grande, un MONSTRUO o una rata de cloaca supercriminal?

7

—Ya sabemos cómo acabará.

Y así, los viandantes retoman seguros su camino. Saben que con Supermetomentodo protegiéndolos, ¡nadie les puede **HACER DAÑO**!

Pero esta vez la situación es más complicada...
En el rascacielos ZUMBAN las descargas eléctricas, que atraviesan el aire como serpientes de luz.

—¡ESTÁS ACABADO, SUPERRATEJO!

—grita una rata con el traje cubierto de resistencias, cables y luces.

—¿Estás seguro, Fulguroso? —le responde Supermetomentodo.

Y, en un segundo, transforma su traje en una antena pararrayos; al instante, una descarga se abate sobre él con un ensordecedor

¡SKRAKKAZZATTTZ!

Gracias a su supertraje, Supermetomentodo sale ileso. El hocico de Fulguroso se ha puesto blanco de rabia. Las descargas de **ENERGÍA ELÉCTRICA** crepitan alrededor de los condensadores que lleva en los brazos.

—¡No puedes esquivar mis rayos! ¡Te voy a asar… desde los bigotes hasta la **COLA**! Una nueva ráfaga de relámpagos cae sobre Supermetomentodo. Pero el defensor de la justicia los esquiva con una serie de PIRUETAS.

—¿Eso es todo? —replica, bostezando—. Esperaba algo más de ti.

—¡SNARRRL!

¡Tengo energía suficiente para achicharrar la ciudad, contigo y tus dos socios incluidos! Dicho esto, Fulguroso se detiene un instante. Su voz suena suspicaz:

POR CIERTO... ¿DÓNDE ESTÁN TUS SOCIOS?

La rata mira a sus espaldas:

—No querréis pillarme por sorpresa, ¿verdad?

Supermetomentodo suelta una risita:

—¡Para ti, enchufe ambulante, me basto y sobro yo solo!

Ahora, a Supermetomentodo sólo le queda en-cerrar al **PELIGROSO** criminal.

—¡Traje!

De la capa, surge la voz de costumbre:

—*¡A sus órdenes, superjefe!*

—¡Modalidad Mano Multiuso!

¡PUM!

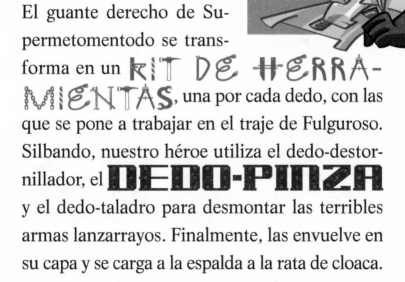

El guante derecho de Su-permetomentodo se trans-forma en un KIT DE HERRA-MIENTAS, una por cada dedo, con las que se pone a trabajar en el traje de Fulguroso. Silbando, nuestro héroe utiliza el dedo-destor-nillador, el **DEDO-PINZA** y el dedo-taladro para desmontar las terribles armas lanzarrayos. Finalmente, las envuelve en su capa y se carga a la espalda a la rata de cloaca.

Fulguroso aturdido, logra mascullar una amenaza:

—Maldito superratón…

¡COFF! ¡COFF!

Has arruinado mi ataque, pero mi jefe te lo hará pagar…

—¿Ah, sí? ¡Pues envíale saludos de mi parte desde tu celda de Muskratraz!

Supermetomentodo transforma en unas impresionantes hélices las suelas de las botas de su SUPERTRAJE y levanta el vuelo, aterrorizando al prisionero.

—Pero ¿qué haces? Socorrooo… Soy una rata de subsuelo, ¡¡¡tengo vértigo!!!

¡DEBERÍAS HABERLO PENSADO ANTES, SUBESPECIE DE COBARDE ELECTRO-RATA DE CLOACA!

Supermetomentodo y su carga aterrizan por fin, ligeros como plumas.

Entre los muskratenses congregados en la plaza, está el comisario Musquash, jefe del departamento de **POLICÍA** de Muskrat City.

—¡Aquí tiene otro paquete, comisario! —exclama Supermetomentodo con orgullo.

El comisario **esposa** en silencio a la rata de cloaca, pero a Supermetomentodo le ha parecido verle un mohín de insatisfacción.

En efecto, Teopompo Musquash parece más presuroso y huidizo que de costumbre.

—**Vaya, vaya, vaya,** aquí hay algo que no funciona —murmura Supermetomentodo, perplejo.

El comisario entrega a Fulguroso a los policías, sin dirigirle ni una palabra al superhéroe enmascarado, que le pregunta, receloso:

—¿**VA TODO BIEN, COMISARIO?**

—¿Eh? ¿Hum? ¡Sí, todo en orden! Pero acabo de frustrar un atraco en la joyería Brillantina y... me siento un poco... ejem, un poco cansado.

Nada convencido, Supermetomentodo, le responde:

—¡Ah! ¿Un atraco en Brillantina? ¡Siento no haber podido ayudarle!

—Ejem..., ha ido todo bien... aunque tú no estuvieras...

Pero nuestro héroe quiere saber más:

—Desgraciadamente, no puedo estar en todas partes. Antes de encargarme de Fulguroso me hallaba en la otra punta de la ciudad, ¿recuerda?

—¿Eh? ¿Qué has dicho, Supermetomentodo?

—Comisario, ¿se encuentra bien? —le pregunta el superroedor, **PREOCUPADO**—. Esta mañana estaba en el Ayuntamiento para pronunciar mi discurso a la ciudadanía. ¿Se ha olvidado? ¡Me invitó usted!

—Ejem, ya. Una idea mía... para... ejem... demostrar que la **COLABORACIÓN** entre policía y superhéroes... ejem... está dando excelentes resultados...

—¡Ya, ya, ya! —concluye Supermetomentodo, mientras observa al comisario, que se aleja a toda **PRISA**.

«Sin duda, hoy Teopompo Musquash está muy raro», piensa nuestro héroe.

Mientras el comisario le da la espalda y se prepara para subir al coche patrulla, Supermetomentodo sigue pensando en el **EXTRAÑO ENCUENTRO**.

«Aquí hay algo que no me convence», dice el superroedor para sus adentros, ya de camino a la Mansión Quesoso.

Tras quitarse el traje de **SUPERHÉ-ROE**, Supermetomentodo ha vuelto a su identidad cotidiana, la de Metomentodo Quesoso, el célebre investigador de Ratonia. Copérnica, la **COCINERA-CIENTÍFICA** de su casa, lo espera en la sala de estar. Tiene un aire muy relajado, sentada tranquilamente en el cómodo sofá, a punto de servirse una deliciosa taza de té de rosas de la humeante **TETERA**.

—¡Querido Metomentodo, bienvenido! ¿Ese peligro ambulante ya está por fin a buen recaudo?

—A buen recaudo y... ¡encerrado en la cárcel de Muskratraz!

Dejarlo fuera de combate ha sido para mí coser y cantar…

¿INCLUSO SIN LA AYUDA DE TUS PRIMOS?

—pregunta Copérnica con expresión
Antes de responder, Metomentodo
mira el gran **retrato** de su antepasado, Quesosardo Quesoso, que luce
espléndido en el salón. Luego, mira a su
alrededor y comenta:

¡DIVERTIDA!

—Oh, diría que aquí hay mucho silencio…

La sonrisa de Copérnica se acentúa.

—¡¿Me equivoco, o lo que estoy notando en tu voz es nostalgia?!

—Ejem… Sí, echo de menos a Brando y a Trendy. ¡No estoy acostumbrado a PROTEGER la ciudad yo solo!

Copérnica se levanta y le da una afectuosa palmada en el hombro:

—¡Ánimo, cariño! ¡Trendy ha ido de excursión con la escuela, pero volverá dentro de poco! En cuanto a Brando…

—… está de vacaciones con los compañeros de Superpizza.

—¡Efectivamente! ¡Nuestro Brando ganó el PREMIO del viaje! —añade Copérnica.

Metomentodo no logra ocultar una sonrisa:

—Lo cierto es que quien lo ganó realmente fue su **doble**, ¡SplitQuesoso! ¡Al parecer, trabaja muy bien!

—¡Da igual, lo importante es que Brando se divierta! El trabajo de **SUPERHÉROE** es cansado, un poco de reposo no le hará ningún daño. A ti también te convendría, ¿sabes?

Y, al decirlo, Copérnica le lanza a Metomentodo una de sus proverbiales miradas escrutadoras.

—¡Oh, no te preocupes, Coperniquita mía!

¡Ya sabes que, para mí, venir a Muskrat City es como estar de vacaciones!

Pero la cocinera-científica de la Mansión Quesoso no está convencida y sigue mirándolo fijamente.

¿QUÉ PASA? ¿ACASO TENGO UNA MANCHA EN EL IMPERMEABLE?

—Es que te noto preocupado...

**—¿QUIÉN, YO?
PERO ¡¿QUÉ DICES?!**

—responde Metomentodo, evasivo, hundiendo la cabeza en el cuello del impermeable.

—¡No creas que me vas a engañar! Tu primo Brando pone esa misma cara cuando ha comido demasiada **Pizza** y no lo quiere admitir.

Metomentodo parece agobiado.

—No creo que valga la pena hablar de ello... es una sensación que no sé explicarme ni a mí mismo, ¡así que no digamos a ti!

Pero Copérnica sigue mirándolo atentamente.

—¡Por mil neutrones, **SUÉLTALO** ya!

Metomentodo juguetea con el cinturón del impermeable.

—Verás... Se trata del comisario...

La mirada de la cocinera-científica se vuelve más aguda:

—¡Verduras y C**ERRADURAS**! ¿Te refieres al comisario Musquash, el Héroe del Distrito Décimo?

Metomentodo exclama:

—¿El Héroe del Distrito Décimo? Pero ¿de qué estás hablando?

–¡En seguida vuelvo!

Con su habitual energía, Copérnica se precipita a la biblioteca, y vuelve al cabo de unos minutos agitando un recorte de periódico.

—¡Toma, léelo!

El recorte, amarillento por paso del tiempo, muestra la F O T O de un joven ratón de uniforme: sus bigotes le resultan familiares. En un gran titular, pone:

POLICÍA CONDECORADO CON LA MEDALLA AL VALOR.

Intrigado, Metomentodo comienza a leer:

«Teopompo Musquash, un policía del Distrito Décimo de Muskrat City, impide un **INCENDIO** *en el Ayuntamiento. Al ver las llamas durante su vigilancia nocturna, el heroico oficial no lo ha dudado y, sin esperar la llegada de los* **BOMBEROS**, *se ha precipitado dentro del edificio y ha apagado el fuego, que ya se había extendido por todo el primer piso. Gracias a esta valerosa intervención, se ha evitado que las llamas destruyeran el Ayuntamiento y se propagasen por todo el barrio.»*

Cuando Metomentodo levanta la vista del papel, **MIRA FIJAMENTE** a Copérnica, que se encuentra a un paso de él.

—¡Increíble! Nunca hubiera imaginado…

—Oh, sucedió hace muchos años. Desde entonces, Teopompo ha hecho carrera hasta llegar a jefe del departamento de policía.

—Nunca me lo ha contado…

—El comisario es muy modesto. Creo que le da mucho apuro hablar de su pasado.

—**YA,YA,YA,YA…** —contesta Metomentodo, absorto—. Un héroe que… espera un momento… que actualmente ha sido desbancado por los superhéroes.

«¿Y si fuera precisamente eso lo que preocupa al comisario?» —se pregunta—, *«¿el hecho de haber perdido su papel protagonista en la lucha contra el crimen?».*

Al verlo perplejo, Copérnica le dice:

—Así pues, ¿qué querías contarme de él?

—El **comisario** parecía hoy muy abatido; casi me ha dado la impresión de que no estaba del todo **CONTENTO** con mi intervención... pero ¡quién sabe qué preocupaciones tiene en la cabeza!

La cocinera-científica asiente.

—¡En efecto, no resulta nada fácil defender la **JUSTICIA** en una metrópoli como Muskrat City! En especial con todas esas ratas de cloaca que hemos visto en acción últimamente...

L a noche cae sobre la ciudad. Las sombras del CREPÚSCULO se extienden por las calles, y los edificios se iluminan con las luces de las farolas y de los carteles de neón.

Sólo el infecto suburbio del Charquetal permanece inmerso casi por completo en la oscuridad: apenas hay luces en las ventanas y sus poco RECOMENDABLES calles están en penumbra. Una farola proyecta una débil luz sobre la húmeda esquina, la suficiente para intuir DOS SILUETAS confusas. A pesar de la escasa iluminación, una de ellas resulta fácilmente reconocible. Las largas piernas delgadas y el perfil puntiagudo pertenecen a un roedor temido por todos los delincuentes de la zona: el pérfido Katerino, de la Banda de los Fétidos. La otra figura, en cambio, se mantiene completamente oculta en la **oscuridad** y habla con tono tranquilo, como si tuviese una discreta familiaridad con su interlocutor.

Con voz **UNTUOSA**, Katerino da rienda suelta a su contrariedad:

—Para variar, el ataque de hoy ha sido un desastre, de nuevo por culpa del **SUPERPAYASO** de siempre. ¡Y encima esta vez estaba solo! ¡Fulguroso era uno de los mejores ases que guardábamos en la manga, cuidadosamente **SELECCIONADO**!

En la sombra, el otro esboza una **SONRISA** incómoda.

EJEM... PERO SÓLO SE TRATABA DE UN EXPERIMENTO, ¿NO?

—Sí, pero… *él* no está nada satisfecho, amiguito. Y cuando digo *él*, sabes de sobra a quién me refiero.

Se hace un pesado silencio, interrumpido al fin por la voz **temblorosa** del desconocido:

—Yo he intentado hacer todo lo posible…

—Bueno, el Jefe cree que ese «posible» tuyo no es satisfactorio, y mucho menos... ¡suficiente! ¡¿Lo has entendido?!

—Pero... si apenas acabo de empezar... deja que practique... es cuestión de tiempo, ¡ya lo verás!

—Me parece que quizá no te estás esforzando lo suficiente, ¿no te parece?

Un temblor de indignación sacude la voz del misterioso roedor:

—¿Ya le has explicado que no es tan fácil como *él* cree?

—¡Basta! ¡Recuerda nuestro trato!

—**¡GLUP!** Claro, por supuesto, me esforzaré... Pero te lo repito, no es fácil. ¡A veces, la menor **INTERFERENCIA** eléctrica junto al comisario basta para mandar a la porra una hora de trabajo!

—Informaré a la base y le transmitiré al Jefe tus saludos. ¡Junto con tus **promesas** de eficiencia y éxito!

—¡Claro, po-or supuesto!

—Entonces, hasta la próxima…

Acto seguido, Katerino desaparece en la oscuridad, **FROTÁNDOSE** las patas satisfecho. La silueta **misteriosa** mira a su alrededor con cautela. En cuanto comprueba que está solo, suelta un profundo suspiro. Luego, **gira** sobre sus talones y también desaparece en la noche del Charquetal.

Oculto entre las sombras, Katerino lo ha estado observando y se mordisquea **nervio-samente** una de las patas:

—¡Será mejor que ese zoquete se esfuerce, o las cosas se pondrán feas!

Luego, el viscoso lugarteniente de Blacky Bon Bon llama a una puerta ruinosa. Le abre una rata de aspecto **desastrado**, el trapero Fétidor Dostoieski.

—¿Qué me cuentas, Katerino? ¿Hay novedades? Hoy he visto que Supermetomentodo está solo... ¿eso significa que les habéis echado la zarpa a los demás?

La esquelética rata suelta una risita maliciosa, pero Katerino lo **CORTA** en seco:

—¡Ocúpate solamente de tus asuntos, trapero desquiciado! ¡Nuestros planes no te conciernen para nada!

Fétidor se inclina hasta el suelo, diciendo una serie de *zalamerías*:

—¡Pues claro, Katerino, pues claro! ¡Que tengas un buen viaje de regreso a Putrefactum y transmítele mis mejores deseos al Jefe!

Después, Fétidor lo escolta hasta la minúscula trastienda; en cuanto Katerino desaparece por el pasadizo secreto del **SUBSUELO**, el trapero exclama en voz alta:

—¡Si sabré yo lo mal que van las cosas ahí abajo, en las alcantarillas!

En efecto, en Putrefactum el **MALHUMOR** de Blacky Bon Bon aún resulta más explosivo de lo normal.

Sentado en el trono, el **ORONDO** personaje agita los puños en el aire muy enfadado.

¡¡¡Otro plan fracasado, por mil pulgas furiosas!!! ¡ESTO YA ES DEMASIADO!

A una distancia prudencial, su hija Fiel comenta:

—¡Y no es ni será la primera ni la última vez... *etcétera*!

B lacky Bon Bon no tiene intenciones de calmarse: coge un **ESCUDO** de la pared y lo arroja al suelo.

—¡Tesoro mío, ése es el símbolo de la estirpe de los Bon Bon! —exclama Mákula, horrorizada.

—¡Bonita **DINASTÍA**! ¡Ninguna generación de Bon Bon ha logrado conquistar jamás Muskrat City!

PERO ¡TÚ LO LOGRARÁS, BOMBONCITO! ME LO HAS PROMETIDO, ¿RECUERDAS?

Las palabras de Má-
kula parecen calmar
al **JEFE** de la Ban-
da de los Fétidos.
Con las 🐾🐾🐾
🐾🐾🐾 en jarras,
adopta una pose que po-
dría parecer altiva y vanido-
sa… si no fuera por la corbata **torcida** y
los bigotes despeinados.

—¡Makulita, tienes razón! Ese Fulguroso no
era nada del otro mundo. Me pregunto cómo
pudo resultar elegido…

Al oír esas palabras, sus esbirros *disimulan*
incómodos; saben perfectamente que a Fulguroso lo escogió él, Blacky Bon Bon en persona.
Sin embargo, nadie osa contradecir al Jefe.

El propio Blacky es quien zanja el tema:
—No se hable más. La cosa ha ido así. El
próximo paso será…

—¡Conquistar Muskrat City! —exclaman a **CORO** Uno, Dos y Tres.

—¡Así se habla! ¡Echaremos a los muskratenses y la ciudad será nuestra!

Los tres esbirros **ESTALLAN** en un fragoroso aplauso y se apresuran a preguntar:

—¿Y qué haremos…

—… esta vez…

—… Jefe?

Blacky observa a su alrededor. Todas las miradas están **PUESTAS** en él, cargadas de admirativa expectación. ¡Eso le devuelve el buen humor!

Incluso Fiel ha abandonado su habitual escepticismo.

Elf y Burp, los monstruitos de compañía de Mákula, empiezan a **saltar** de emoción.

Entonces, Blacky apunta con el índice hacia arriba y exclama con voz triunfal y exultante:

—¡¡¡Necesitamos un nuevo plan!!!

Tras el **anuncio**, la desilusión se refleja en el rostro de todos los presentes.

—¿Eso es todo? —masculla su hija Fiel a **MEDIA** voz, con una mueca contrariada.

Ni siquiera Mákula es capaz de disimular su decepción:

—Vale, bomboncito, pero… ¿qué plan?

Sebocio se adelanta y empieza a enumerar sus últimos inventos:

—¿El **RAYO** desintegrador? ¿El **DISPO-SITIVO** electromagnético de inundaciones? ¿Ratas-oruga con **TENAZAS** multiarticuladas?

—¿Por qué no desvalijamos las joyerías? —propone Mákula con expresión pérfida—. Sin joyas... ¡los muskratenses se deprimirán!

—¿Y si sustituyéramos los perfumes por frascos hediondos? —interviene Fiel.

Blacky impone **silencio**.

Las ratas de cloaca enmudecen.

—Si queremos conquistar Muskrat City, debemos **NeutRALIZAR** sus defensas, y cuando hablo de defensas, me refiero a...

—**¡SUPERMETOMENTODO!**

—grita una voz, al fondo.

Todos se vuelven.

Blacky pone cara de **fastidio**; alguien le ha robado el protagonismo, estropeándole la atmósfera que había logrado crear.

Quien ha hablado ha sido Katerino. Acaba de entrar **corriendo** en la Sala del Trono. Blacky hace un enorme esfuerzo para controlarse.

—¿Qué decías, mi fiel ayudante? —pregunta el Jefe con voz GÉLIDA. Los bigotes le han empezado a temblar de tensión.

Katerino se arregla la chaqueta para evitar su MIRADA fulminante.

—Ejem, acabo de volver de Muskrat City... nuestro *colaborador* de superficie me ha garantizado que la próxima vez no habrá PROBLEMAS. Pero lo mejor es que el viejo Fétidor me ha facilitado una información muy valiosa... ¡sin darse cuenta!

Intrigado, Blacky *levanta* una ceja. Katerino prosigue:

—¡Al parecer, estos días a Supermetomentodo siempre se lo ha visto solo! Por lo visto, sus socios no están.

Blacky Bon Bon se anima:

—¡Perfecto!

Las ratas vuelven a dirigir sus miradas hacia él. Balanceándose sobre las patas, el jefe de la banda proclama:

—Mis queridos valientes, las cosas no podrían pintar mejor: Supermetomentodo está solo. Ya es hora de que nos apoderemos de la ciudad de una vez por todas. Pero, para hacerlo, primero debemos quitar de en medio el único obstáculo para nuestra conquista. ¡Naturalmente, estoy hablando de ese superratón entrometido!

Las ratas de cloaca intercambian miradas de asombro. ¿Librarse de Supermetomentodo? ¡No es poca cosa!

—¡Confiad en mí! —dice Blacky con maneras de auténtico estratega—. Tengo un magnífico plan, realmente bueno...

A l día siguiente, el sol brilla en Muskrat City. Por encima de las calles atestadas de coches, una MANCHITA amarilla se refleja entre los edificios.

La manchita salta de un edificio a otro, lanzándose como un experto acróbata. Pero no se trata de un **acróbata**: es Supermetomentodo. El superroedor patrulla la ciudad para asegurarse de que todo está en orden. Mientras salta de un **MÁSTIL** a otro del Musquash Bridge, piensa: «¡Bananas espaciales! ¡Echo un poco de menos a mis primos, pero hacer piruetas en solitario no está nada mal!»

¡DE MOMENTO, TODO TRANQUILO!

Sin embargo, justo entonces el superroedor divisa algo **raro**. Su rostro se ilumina, entusiasmado: ¡tal vez se trate de una **MI-SIÓN** propia de un superhéroe!

—¿Qué pasa allí abajo, en la esquina de Muskrat Avenue? ¡Aquella silueta me resulta familiar! ¡Traje!

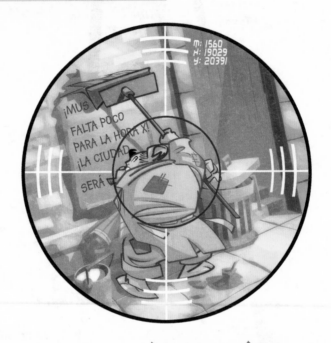

Supermetomentodo **DIRIGE** el traje-telescopio hacia el roedor sospechoso.

—¡Hum! ¡Es aquel tipo siniestro, Fétidor Dostoieski!

En el **FOCO** del telescopio se ve al trapero con un cepillo, pegando algo en la pared de un edificio.

—**HUMMM...** ¿qué estará haciendo tan lejos de su tienda del Charquetal?

Supermetomentodo regulariza el enfoque de la imagen: la **rata** está pegando un extraño cartel. Al ampliar la imagen, logra leerlo:

¡MUSKRATENSES!
¡YA FALTA POCO PARA LA HORA X!
¡LA CIUDAD SERÁ NUESTRA!

Supermetomentodo se rasca la cabeza, perplejo.

—¡Suena a amenaza! Pero ¿desde cuándo la **Banda de Los Fétidos** anuncia sus ataques por anticipado?

El superhéroe toma una rápida decisión.

—¡Se trate de lo que se trate, lo mejor será preguntárselo directamente al interesado!

Da un atlético **BRINCO** y empieza a planear sobre la calle. Pero cuando llega ante el cartel, Fétidor ya no está. Cerca de allí, Supermetomentodo divisa una boca de alcantarilla **ENTREABIERTA**.

—Nuestro amigo se ha evaporado…

—*¡Superjefe! No querrás volver a bajar a las alcantarillas, ¿verdad?* —dice el traje, anticipándose alarmado.

—¡Si la misión lo requiere, claro que sí!

—*Pero ¡si acabo de salir de la lavandería!*

—¿Y si te prometo un ACLARADO con suavizante?

—*Hummmmmm…*

—… ¿al perfume de vainilla?

—*¡Trato hecho, superjefe! ¡Vamos!*

El superhéroe se introduce en la boca de la alcantarilla, y el traje, por iniciativa propia, se transforma en un CASCO de minero.

—¡Bien, traje!

—*Modestamente, superjefe… ¡formamos un equipo imbatible!*

—Ya, ya, ya, pero que no se te suba a la cabeza.

Avanzando por entre el cieno, Supermetomentodo logra percibir unos pasos apresurados.

¡CLAC! ¡CLAC! ¡PAFFF!

—¡Está huyendo por allí!

El SUPERHÉROE se lanza en su persecución. Unos metros más allá, ve un objeto redondo que asoma entre el agua turbia; lo levanta con cuidado y lo estudia a la luz del casco:

—¡Esta *cosa* se le habrá **caído** a Fétidor!

El traje también siente mucha curiosidad:

—*¡Yo diría que es un visor telescópico, superjefe!*

—**YA, YA, YA...** ¡Un visor telescópico de los gordos y muy ancho como una de las **Pizzas** de Brando!

—*Un visor tan grande sólo puede provenir de…*

—¡Una arma igual de grande! —concluye Supermetomentodo—. Hummm, ¡el **misterio** se complica!

El superhéroe retoma la persecución: a pesar del **LIMO** hediondo, avanza veloz a través de las cloacas.

—¡Este Fétidor nos debe una explicación!
Pero, de nuevo, el rastro desaparece bajo otra
ⒷⓄⒸⒶ ⒹⒺ ⒶⓁⒸⒶⓃ-
ⓉⒶⓇⒾⓁⓁⒶ abierta. Un haz de
luz ilumina al superhéroe desde arriba.

—¡Bananas espaciales despachurradas!

¡Quiere despistarme saliendo de nuevo a la superficie!

De las suelas del traje surgen dos grandes MUELLES y Supermetomentodo salta hacia la abertura. Al cabo de un instante, ya está en medio del tráfico: los coches que lo rodean le pitan, y un AUTOBÚS logra esquivarlo por los pelos.

—¡Estamos en mitad de Stellar Boulevard! —exclama nuestro héroe sin desanimarse. Entre los FLASHES de los entusiasmados turistas, da un salto tras otro con una agilidad sin par.

—¡Traje! —exclama.

—¡A TUS ÓRDENES, SUPERJEFE!

—Allí abajo, en la acera, veo unas huellas enfangadas. ¡Deben de ser de Fétidor!

El traje saca una especie de aspiradora del cinturón, que comienza a olfatear la calle.

¡SNORF! ¡SNIRF!

—*El detector indica que las huellas son de hace pocos minutos, superjefe. ¡Si seguimos brincando a esta velocidad, no podemos perderlo!*

La **pista** conduce a Supermetomentodo al final de Stellar Boulevard.

—¡Aquí sólo hay la entrada de los estudios cinematográficos! Pero están bien **VIGILADOS**: esa rateja no puede haber entrado.

Los muelles son reabsorbidos por las suelas de las botas, al tiempo que la **capa** adopta la forma de una mano gigante y señala un callejón lateral:

—*¡Ajá, ahí está!*

—¡SE HA METIDO EN UN CALLEJÓN SIN SALIDA! ¡HA CAÍDO EN UNA TRAMPA!

Supermetomentodo lo persigue. Aunque empieza a quedarse sin aliento, ya saborea la victoria.

—¡Acabaré con el plan de esas **RATAS** antes incluso de que lo lleven a cabo!

Pero cuando el superroedor dobla la esquina, Fétidor no está allí. En el callejón sólo hay paredes desconchadas, una persiana metálica bajada y algún que otro **contenedor** de basura.

—¡Bananas espaciales! ¡¿Cómo es posible?!

—*Las pisadas se detienen aquí, superjefe.*

—Estará oculto tras aquella puerta metálica…

—*Yo diría que es un garaje…*

Confirmando sus palabras, de detrás de la pared se eleva el rugido de un motor.

—¡Permanezcamos atentos, traje! ¡El que está ahí dentro, se prepara para una fuga precipitada!

Mientras tanto, el **ESTRUENDO** se hace más fuerte, y Supermetomentodo ya está listo para actuar.

¡SBARABRANNNG!

La persiana metálica explota hacia fuera. El superratón apenas tiene tiempo de

agarrarse

a una escalera antiincendios, cuando un gran automóvil sale disparado a toda velocidad.

La carrocería **VIOLETA** y la gran perforadora del capó no dejan lugar a dudas.

—¡Es la *limusina* de Blacky Bon Bon!

—*Afirmativo, superjefe. Y en su interior viajaba nuestro objetivo número uno.*

—¡Lo que me imaginaba! Fétidor está ayudando a las ratas de cloaca. ¡Tenemos que atraparlo!

—*Sugiero la Modalidad Botas a Reacción.*

—¡EXCELENTE IDEA, TRAJE!

Y así, soltando fuego por los talones, Supermetomentodo se lanza en su persecución.

Caos en el Boulevard

El **Perforamóvil** recorre Stellar Boulevard contra dirección. A su paso, los peatones lo esquivan como locos y los automóviles dan terribles **BANDAZOS** para evitar la colisión. Un ratón grita indignado:

—Pero ¿esto qué es? ¿La nueva película de Cero Cero Siete?

—¡Tendrían que filmar las **PERSECUCIONES** cuando las calles están vacías!

—¡Eh, ahí arriba hay algo!

—¿Es una **paloma**?

—¿Es una avioneta?

—¡No! Es… ¡¡¡Supermetomentodo!!!

El **SUPERHÉROE** se lanza en picado hacia la limusina de las ratas de cloaca.

En el asiento del conductor, Katerino maneja el volante como si fuera el timón de un barco pirata:

—¡Apartaros, ratones de SUPERFICIE!

A su lado, Fétidor, muy pálido, balbucea:

¡Nº IMAGINABA QUE PARTICIPAR EN VUESTRºS PLANES FUESE TAN PELIGRºSº!

—¡Bah! —gruñe malévolo Katerino—. Hasta ahora, todo ha salido como quería el jefe. ¡Incluso tú has sido útil, ratón estúpido!

Con un ruido muy estridente, el Perforamóvil toma una travesía y acelera aún más.

Pero Supermetomentodo ya está encima de él. Con los guantes convertidos en **ventosas**, se adhiere al techo y luego avanza cauteloso en dirección al parabrisas. Por la ventanilla asoma la cara **ATERRORIZADA** de Fétidor.

El trapero se acurruca en el asiento.

—¡Socorro! ¡El superratón está encima de nosotros!

—¡Relájate, SACO DE PULGAS! ¡Eso es lo que queríamos! ¡Mejor que te tapes los oídos! Y dicho esto, toca el claxon, que produce un sonido Fortísimo.

A Supermetomentodo, lo pilla de sorpresa, ese

SKRIIIIIIIIIIIIIIIII

terrible, y le hace castañetear los dientes y temblar los bigotes y la cola.

En ese instante, el techo del Perforamóvil se **levanta**, y nuestro héroe sale disparado como si hubieran **lanzado** un proyectil amarillo desde una catapulta.

El superratón apenas tiene tiempo de gritar:

—¡¡¡Trajeee!!! ¡¡¡Modalidad Ralentizacióóón!!!

—*¡Dicho y hecho, superjefe!*

La capa se transforma en un paracaídas que frena el descenso y Supermetomentodo se encuentra **PLANEANDO** en el aire, para acabar aterrizando suavemente en una fuente pública.

¡SPUAG, SPUAGG!
La cosa ha salido bien...

—*Pero ¡las ratas de alcantarilla han huido, superjefe!*

—Bueno, sí, pero algo favorable hemos obtenido.

El **SUPERHÉROE** saca su trofeo de un bolsillo: el viejo abrigo lleno de remiendos de Fétidor.

—Ejem, a decir verdad, superjefe, como botín no me parece nada del otro mundo…

—¡Eso es lo que tú te crees! ¡Mira qué había en el bolsillo!

Supermetomentodo muestra una hoja enrollada. Después, sale de la fuente, escurre la capa, DESENROLLA la hoja y la observa. Es azul y está repleta de garabatos.

—¡Bananas espaciales! Pero ¡si son los planos de la próxima arma de Sebocio Cybercoscuro! —exclama satisfecho.

—Bien mirado, parece un proyecto muy es-trafalario: ¿qué será eso del «Rayo Vete Tú a Saber»? ¿Y este garabato de aquí?

Arriba pone: «Proyecto para el Arma Estrambótica Definitiva». Y en las instrucciones aparece escrito «BLA, BLA, BLA» un montón de veces...

El superhéroe estudia el papel y le da vueltas entre las manos, pero sólo dos detalles están claros.

—Aquí hay un dibujo de un almacén abandonado. Lo reconozco, está en la parte antigua de la ZONA INDUSTRIAL. Y aquí pone: «Activar a la hora X», es decir... —El superhéroe palidece de golpe—: ¡Vaya, vaya, vaya! Según el plano, ¡el arma se activará automáticamente a las seis de esta tarde!

Luego MIRA su superreloj:

—¡Falta media hora! ¡Tengo que apresurarme!

En un abrir y cerrar de ojos, la capa se ensancha a su alrededor, formando dos grandes alas.

—UN PELÍN RARO, ¿NO? —comenta Supermetomentodo.

—*Sí, pero ¡muy eficaz!* —le responde el traje.

FLAP... FLAP... FLAP... FLAP... FLAP... FLAP... FLAP...

El superroedor empieza a batir las alas y remonta el vuelo.

Mientras **surca** el cielo de Muskrat City, se prepara para hacer frente a esa nueva amenaza, más aguerrido que nunca.

S upermetomentodo sobrevuela todas las naves del **BARRIO INDUSTRIAL**.

«Allí abajo están la factoría de la Muskorp, más adelante, la fábrica de zapatos Ratonaldi y la de los quesos Provoloni… El viejo almacén queda justo detrás.»

En un instante, el **PALADÍN** de Muskrat City distingue el edificio, con el tejado oxidado y las paredes semiderrumbadas.

HACE AÑOS QUE ESTÁ ABANDONADO Y QUEDA AISLADO...

… ¡sin duda, es el escondite ideal para los extravagantes planes de las ratas de cloaca!

Mientras se acerca al objetivo, Supermetomentodo tiene una idea:

—Estaría bien **avisar** al comisario. En vista de que estoy solo, ¡mejor informar de mis movimientos a la policía!

Nuestro héroe saca su superteléfono en forma de banana.

—¿Hola? ¿**POLICÍA** de Muskrat City?

En el receptor, se oye la voz titubeante de Musquash:

—Ejem, ejem... Hola, Supermetomentodo. ¿Cómo... ejem... cómo estás?

—Bastante bien, gracias. Estoy a punto de darles una sorpresa a la **Banda de los Fétidos**. ¿Le apetecería reunirse conmigo y ayudarme?

La voz del comisario suena insegura:

Hummm... A decir verdad, en este momento todas las patrullas están ocupadas...

Y al otro lado de la línea, ya sólo se oye

TUUU, TUUU...

¿Será posible que Teopompo Musquash haya cortado la comunicación?

—¡Vaya! El **comisario** está cada vez más raro... Pero ¡yo no tengo tiempo que perder!

Entonces, Supermetomentodo aterriza en el tejado de chapa. Las alas se repliegan en la capa. La chapa CHIRRÍA bajo sus pies. Aparte de ese ruido, el lugar está sumido en un inquietante silencio.

—Hum, no veo ventanas… ¡Tendré que abrir una entrada alternativa!

El TRAJE transforma el brazo de Supermetomentodo en una sierra circular. Con ella, el superratón hace una hendidura en el techo.

¡SSSSSSGRRREENGH!

Luego, nuestro héroe echa una ojeada al interior. Le parece distinguir algo en la oscuridad… Sin dudar, Supermetomentodo baja hasta el suelo de la nave. Al llegar, unas nubecillas de polvo verduzco se levantan a su alrededor.

Prudente, prefiere no crear ningún tipo de iluminación…

«¡Mejor no hacerse notar!», dice para sí.

Al momento, el traje analiza aquel gran espacio.

—*¡Aquí sólo hay polvo, superjefe! El detector de metales no capta ningún cacharro…*

—Y entonces, ¿aquello qué es?

Un ARTEFACTO bastante aparatoso se perfila en la penumbra.

Supermetomentodo se acerca a aquella maraña de tubos, manubrios, ENGRANAJES…

y lo toca, intrigado.

—¡Bananas sintéticas!

¡Este artilugio está hecho de poliestireno y cartón! Pero ¿qué clase de arma es ésta?

Una terrible sospecha se abre paso en su mente: las OCTAVILLAS, el visor, el plano… todos aquellos indicios, encontrados por azar, por un **AFORTUNA-DO** azar, sin duda, pero… ¿excesivo, tal vez?

—¡¡¡Oh, no, es una trampa!!!

—grita, Supermetomentodo. Y, realmente, la falsa arma empieza a silbar, liberando **VAPORES** verdes por los tubos.

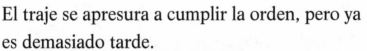

—¡Esto es… gas soporífero! ¡Rápido, traje! ¡Modalidad Máscara Antigás!

El traje se apresura a cumplir la orden, pero ya es demasiado tarde.

—**¡COFF, COFF!** Debo de haber olisqueado ya esta porquería, traje. Oh… ¡la cabeza me da vueltas!

—*¡Mejor poner tierra de por medio, superjefe!*

Supermetomentodo quiere responderle al traje, pero empieza a TAMBALEARSE, y a girar sobre sí mismo, y acaba tropezándose con la capa.

—¡Estoy más mareado que una *mousse* de bananas! **Uy, uy, uy...** —dice, aturdido.

—*¡Vamos, superjefe! ¡Levántate!*

—¿Qui-quién habla?... Rrrrrrr… —Supermetomentodo se pone de lado y se tapa con la capa. El T R A J E se transforma entonces en un enorme despertador, que suena a todo volumen.

—No quiero levantarme… Hoy, la Agencia Metomentodo abrirá un poco más tarde…

ROOOONFFF...

—*¡A grandes males, grandes remedios!* —replica el traje—. *¡Lo siento, superjefe!*

Y transformado en una enorme mano, empieza a abofetear a su patrón.

Los **SOPAPOS** parecen surtir efecto, puesto que Supermetomentodo se incorpora de un salto.

—¿Eh? Por mil bananillas, ¿qué ha pasado?

—¡Has caído en mi trampa, superratón!

—¿Quién eres?

L o primero que Supermetomentodo nota cuando vuelve en sí es un terrible **DO-LOR DE CABEZA**. Lo segundo, una sensación de humedad en el hocico.

Abre un ojo y distingue dos MANCHAS verduzcas bastante desenfocadas. Son Elf y Burp, las mascotas de Mákula; están inclinadas sobre él. ¡Y le están lamiendo el morro!

¡FUERA DE AQUÍ, BESTIAS!

—ordena una voz.

Y los dos animalillos huyen entre gemidos.

Tienen sus buenos motivos; aquella voz imperiosa impone de verdad.

Supermetomentodo no necesita esforzarse demasiado para saber a quién pertenece: es la voz de Blacky Bon Bon, el Jefe de la banda.

EL SUPERROEDOR ABRE LOS OJOS Y LO QUE VE NO LE GUSTA NADA.

Blacky está de pie, pero él sólo puede verle la punta de los zapatos. Nuestro héroe está tendido boca abajo, sobre el suelo de la Roca de Putrefactum, con las manos atadas a la espalda.

Pero las malas noticias nunca llegan solas, pues las ratas de cloaca también le han arrebatado el TRAJE, dejándolo sólo con la máscara y... ¡en ropa interior!

El traje flota en un rincón de la sala, inactivo. Sebocio lo mantiene encerrado dentro de una burbuja de energía color violeta.

—¡EL CAMPO MAGNÉTICO FUNCIONA!

—exclama contento el científico—. El supertraje ahora está oficialmente en nuestro poder. ¡Estoy ansioso por examinarlo!

—Vaya, vaya, vaya. ¡La cosa no pinta muy bien que digamos! —murmura el superhéroe.

—**¡JAR, JAR, JAR!** ¡Ya tenemos aquí a nuestro aguafiestas! ¡Esta vez te tengo bien pillado, superratón!

—Y, sobre todo… ¡en ROPA INTERIOR! —añade Fiel con un mohín perverso.

Supermetomentodo siente la punta de un pie golpeándole el costado. Es el malvado Katerino, que, con gesto satisfecho, ha ido al lado de Blacky:

—¡El plan ha funcionado de maravilla, Jefe!

Mákula **da saltitos**, también junto a su marido.

—¡Te tenemos, Supermetomentodo! Ahora la ciudad está indefensa.

El superhéroe, **INMOVILIZADO**, levanta los ojos hacia la Banda de los Fétidos.

—¿Estáis seguros? No soy el único defensor de Muskrat City… ¡ya deberíais saberlo!

—**¡JAR, JAR, JAR!** No pienso picar, ratoncito: ¡sabemos por nuestros informadores que en este momento tus socios no están aquí!

—SÍ, PERO ¡VOLVERÁN!

—farolea Supermetomentodo.

—¡Motivo de más para actuar en seguida! Mis tropas están preparadas. Sólo esperan mis **ÓR-DENES**. ¡Y contigo fuera de combate, ocupar Muskrat City será coser y cantar!

Detrás de él, la banda entona a coro el grito de guerra de las ratas de cloaca:

—¡¡¡DE LAS ALCANTARILLAS A LAS POLTRONAS!!!

—Pero primero... —Blacky se inclina sobre el prisionero: su maliciosa sonrisa no presagia nada bueno—... miraremos cara a cara a nuestro **SUPERENTROMETIDO** por última vez. Te quitaré la máscara, Supermetomentodo, ¡y así, de una vez por todas, sabremos quién eres! ¡Un superhéroe enmascarado no vale nada, en cuanto sus enemigos descubren su identidad!

La banda lo rodea.

Blacky le arranca la **MÁSCARA**, da un paso atrás y… frunce la frente, perplejo.

—Pero ¿de quién es este **MORRO** tan **FEO**? ¡No lo había visto en mi vida!

—¡Mira quién fue a hablar! ¡Como si tu morro fuera precioso! —le replica Metomentodo.

Mákula también interviene:

—¡Vaya… qué desilusión! ¡Creía que era el *atractivo* millonario Monty Fieldmouse!

—¡Y yo que se trataba del actor Tony Schwarzerrater! —exclama Fiel, estupefacta.

—PERO ¿QUIÉN ES?

—pregunta Blacky, alterado.

Las ratas de cloaca se miran entre sí, intrigadas:

—¡¡¡BAH!!!

Metomentodo se ríe para sus adentros. Sabe con toda certeza que su identidad está a salvo: ¡en todo Muskrat City no hay nadie que conozca a Metomentodo Quesoso!

—No te pases de listo, superpelmazo. Descubriremos quién eres de todos modos… —dice Blacky.

—¡Bomboncito, recurramos a nuestro pelele uniformado! —exclama Mákula.

La sonrisa de Metomentodo se borra de
su cara.

«¿Pelele uniformado? ¿De quién
deben de estar hablando?», se
pregunta.

—Bien dicho… ¡Katerino!
Envía una **FOTO**
de este tío a nuestro pelele
de Muskrat City. ¡Seguro que
él tendrá acceso a los archivos
y a todas las caras de los muskratenses!

—¡EN SEGUIDA, JEFE! —responde
Katerino con gesto arrogante.

Blacky se dirige de nuevo al superroedor:

—¡Vuelve a ponerte la máscara, Supermetomentodo! ¡Tu identidad **secreta** pronto
andará en boca de todos!

Pero nuestro héroe no se inmuta:

—A decir verdad, mi identidad secreta ya es famosa… ¡Es la de Supermetomentodo! Lo que quiero que entiendas es que ésa es mi **VERDADERA** identidad…

Katerino se acerca al superhéroe con un extraño aparato fotográfico entre las patas: el objetivo está hecho con un **EMBUDO** y el *flash* es una lámpara de mesa. Cuando Katerino vuelve a quitarle la máscara para sacarle unas fotografías, Metomentodo se divierte haciendo muecas.

Entre tanto, Uno, Dos y Tres se plantan ante Blacky.

—Y después de las fotos…

—… ¿qué haremos…

—… con el prisionero, Jefe?

F iel pide entre saltitos, como electrizada:

—¡Entrégame a mí el prisionero, papaíto! ¡¡¡Le haré escuchar todas mis **PLAY-LIST** de música rat-metal!!!

—¡No, mejor sirvámoslo de almuerzo a las **CUCARACHAS** que hay en la alcantarilla! —chilla Mákula.

Blacky se atusa los bigotes, indeciso.

Entonces, Sebocio se adelanta, extrañamente resuelto:

—Me gustaría manifestar algo… Tenemos el **SUPERTRAJE**, pero aún no conocemos su origen ni el alcance de sus poderes… —Echa un **VISTAZO** a Supermetomentodo, que sigue tendido en el

suelo—. Quién sabe cuánta información po-
dríamos sacarle a nuestro prisionero. ¡Con
su colaboración, el supertraje podría resultar
decisivo para conquistar Muskrat City!

¡Buena idea, Sebocio!
¡Estar cerca de mí
favorece tu inteligencia!

—afirma Blacky, autoelogiándose. Más tarde, el
Jefe se dirige a Supermetomentodo—: ¿Lo has
oído, ratoncillo? Te espera un largo período al

servicio de la Banda de los Fétidos. *Y cuando ya no nos sirvas para nada, te utilizaremos...* —un escalofrío recorre la cola de Supermetomentodo, Blacky continúa—: ... ¡para pedir un rescate!

Al oír esas palabras, los ojos de Mákula cen-tellean: ya está pensando en cómo convertir el rescate en collares, gemas y diademas.

—¡Llevadlo a la celda! Y vigiladlo bien: ¡no me fío de un SUPERHÉROE, ni siquiera aunque vaya en ropa interior!

Mientras Uno, Dos y Tres conducen a Supermetomentodo a los SÓTANOS de la Roca de Putrefactum, los Bon Bon se frotan las patas muy satisfechos: ¡la captura del superhéroe constituye un gran éxito para la banda!

En ese momento, Katerino aparece por una puerta lateral y se dirige hacia el Jefe a paso lento. Parece contrariado y mira al suelo.

—¿Y bien? —gruñe Blacky, impaciente.

—Verá, Jefe. Hay un **PROBLEMA**… En el momento de disparar las fotos, no he quitado la tapa del objetivo y…

Blacky no da crédito a lo que oye:

—**¿QUÉEEEEEEE?**

Katerino acaba la frase de carrerilla:

—… ¡las **FOTOS** no han salido!

El Jefe enseña los colmillos:

—¡No me digas! Voy a…

Pero justo cuando está a punto de tener uno de sus proverbiales **BERRINCHES**, Fiel se interpone:

—Muy ineficaz, *etcétera*… Pero, en cualquier caso, eso no cambia nada. ¡Quienquiera que sea Supermetomentodo, está en nuestro poder!

—**¡CIERTO!** —exclama Blacky, repentinamente aliviado—. Las ratas de cloaca han vencido. Podemos volver a nuestro objetivo inicial de…

La banda completa la frase a coro:

—… ¡conquistar **Muskrat City**!

Mientras tanto, Uno, Dos y Tres han encerrado a Supermetomentodo en los calabozos de la Roca de Putrefactum, se han plantado ante la puerta **BLINDADA** y la han cerrado a cal y canto.

¡CLACK! ¡CLACK! ¡CLACK!

En la **PENUMBRA** de la celda, Supermetomentodo no desfallece. Al contrario…

¡SU CEREBRO TRABAJA A PLENO RENDIMIENTO!

—Estoy preso y sin poderes, pero no es el hábito el que hace al superhéroe… ¡Al menos no siempre! ¡Se lo pienso demostrar a esos **energúmenos peludos**!

El superroedor se sienta en el suelo de la celda. Mediante una serie de movimientos aprendidos del Maestro Huang, logra pasar los brazos desde detrás de la espalda hasta la parte delantera de las rodillas.

—¡Y AHORA... VAMOS A ROER UN POCO!

El superroedor empieza a mordisquear el nudo que le ATA las muñecas, hasta que la cuer-

da se rompe. Luego explora la celda: es muy estrecha y la puerta demasiado sólida para **derribarla**... Sólo hay un ventanuco que deja pasar algo de luz. Junto con ésta, también entran las voces de Uno, Dos y Tres.

Supermetomentodo aguza el oído: los tres esbirros de Blacky Bon Bon se quejan:

—¡Uff, no me hace ninguna gracia...

—... QUE EL JEFE...

—... nos encargue siempre las tareas más aburridas!

Supermetomentodo se anima:

—¡Por mil bananillas, tengo una idea!

Acerca la boca al ventanuco y grita:

—¡Eh, los de ahí fuera!

El terceto enmudece. A continuación, como era de prever, los tres **ESBIRROS** acercan el hocico a la ventanilla de la puerta.

A traídos por las palabras de Supermeto-mentodo, Uno, Dos y Tres **PRE-GUNTAN**:

—¿Qué…

—… quieres…

—… superpelmazo?

—Es **divertido** estar aquí, en vuestra celda, zangarrateando,* pero… ¡no me desagradaría comer algo!

—¡Nuestra misión es **VIGILARTE**!...

—… ¡No somos…

—… tus camareros!

—¡Lo comprendo, pero tampoco os costaría tanto traerme una **banana**! Puede ir sólo uno de vosotros, el menos listo de los tres…

* Zangarrateando: haraganeando, holgazaneando.

96

—¿Qué quieres decir...

—... con eso del menos **LISTO**?...

—... ¿A quién te refieres?

—¡Sí, el más alto!

Uno, Dos y Tres cuchichean entre sí, perplejos. Metomentodo prosigue:

—¡No recuerdo su nombre, debe de ser el que tiene el **número** de detrás del más listo!

—Y el...

—... más listo...

... ¿quién sería?

—¡Eh, desde aquí no os veo! ¿Cómo os lo puedo decir?

Los **3** cuchichean entre sí. Después, los cerrojos se abren uno tras otro. Uno, Dos y

Tres entran en la celda, muy contrariados.

—Déjate de tonterías…

—… y dinos en seguida…

—… ¡A QUIÉN TE REFERÍAS! —dicen en tono amenazador.

—Veamos, chicos —responde Metomentodo—. A primera vista, creo recordar que el menos listo eres tú.

Al decirlo, señala a Dos, que pone CARA de mortificación. Tres suelta una risita.

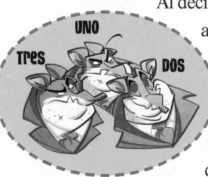

—Espera, creo que me he equivocado… ¡Quería decir tú!

—¡¿Yo?! —pregunta Tres, ☹OFENDIDO☹.

Ahora son los otros dos quienes se ríen.

—Ya, ya, ya... y según me han contado, el jefe de vuestro trío es él.

Metomentodo señala a Dos, que esboza una sonrisa de complacencia.

Uno y Tres comienzan a impacientarse.

—¿Desde cuándo... —empieza a decir Uno—,

... TÚ ERES NUESTRO JEFE?

—concluye Tres.

Dos se limita a mirarlos con una sonrisita.

Un silencio cargado de tensión llena la celda...

y al cabo de un instante la **MAZ-MORRA** se transforma en un *ring*: los tres esbirros de Blacky Bon Bon comienzan a zurrarse de lo lindo.

Pero el espacio es tan estrecho que resulta difícil ver lo que pasa; sólo se distingue un revoltillo de bigotes, colas y hocicos.

Supermetomentodo no puede reprimir una sonrisa: su plan ha funcionado a la perfección. Así pues, aprovecha la trifulca entre los guardaespaldas de Blacky Bon Bon para abandonar tranquilamente aquella prisión.

En cuanto nuestro héroe sale de la celda, se apresura a cerrar la puerta metálica y echa de nuevo los **cerrojos**. Finalmente, se aleja con toda desenvoltura por los corredores SUBTERRÁNEOS de la Roca de Putrefactum.

—¡Los he puesto a buen recaudo! ¡Ahora tengo que LEVAR anclas de inmediato, antes de que la Banda de los Fétidos se dé cuenta!

Veloz y muy silencioso, Supermetomentodo avanza **pegado** a las paredes hasta la Sala del Trono. La estancia está desierta, pero a través de una puerta cercana se oye la voz **RONCA** de Blacky Bon Bon.

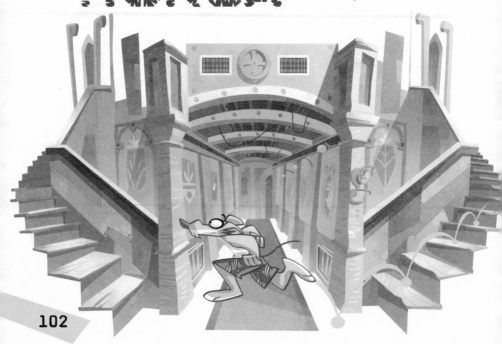

El Jefe le está transmitiendo sus órdenes a Katerino:

—Sobre todo: ¡en cada barrio quiero una **brigada** con los mejores elementos! ¡El alcalde en persona me entregará la llave de la ciudad!

EJEM... ¿LA LLAVE, JEFE?

—¡Sí! Es de oro macizo… ¡Mákula no dará crédito a lo que ven sus **OJOS**!

—Entendido. Pero ¿qué haremos con los otros superpelmazos?

—¡Si osan dejarse ver, les diremos que hemos capturado a Supermetomentodo! ¡Verás… esos ratonzuelos en **PIJAMA** tendrán que rendirse!

Supermetomentodo ya ha oído bastante. Avanzando de puntillas, llega frente al laboratorio de Sebocio.

El superhéroe echa un vistazo al interior: el científico, con sus inconfundibles gafas **MÚLTIPLES**, está inclinado sobre una mesa de laboratorio. Trata de reparar una lente con el soldador, mientras **MASCULLA** para sí:

—Sebocio por aquí, Sebocio por allá, Sebocio invéntame esto y aquello…

A su espalda, el traje de Supermetomentodo flota en la **BURBUJA** de energía violeta.

Nuestro héroe decide jugarse el todo por el todo: se desliza entre las mesas del LABORATO-RIO, rodea a Sebocio y se acerca al traje. Pero cuando intenta tocarlo, el CAMPO MAGNÉTICO lo repele, mandándole un gran rayo violeta.

¡SKRAATZZ!

—¡Agh! —grita Metomentodo.

El grito llama la atención de Sebocio, que se vuelve y lo ve.

Ante aquel ratón en ropa interior, Sebocio parece sentirse extrañamente seguro:

—Veo que has logrado escapar, ¿eh, superratón?
No me sorprende: ¡aquí soy el único que comprende que tu traje tiene poderes nada desestimables!
El científico da algunos pasos hacia Metomentodo.

—Y estoy convencido de que tus **PODE-RES** provienen de la misma energía que he logrado aislar aquí, en Putrefactum. ¡Cuando

ANALICE tu traje, tendré la confirmación definitiva!

Sin saber qué hacer, Metomentodo recuerda que el científico de las **ALCANTARILLAS** es muy parlanchín, y decide atrapar la ocasión al vuelo.

—Pe... pero... Sebocio, ¡¡¡usted es todo un genio!!! Me tiene muy intrigado, saber cómo ha logrado encerotizar* mi traje...

El científico esboza una sonrisa:

—¡Bah, eso no es nada! La **ENERGÍA** que he creado alimenta mis máquinas. La esfera violeta la produce aquel aparato de allí, que a su vez está conectado a este generador de aquí...

—¿Éste?

—¡SÍ! PERO, COMO DECÍA, LA ENERGÍA QUE HE AISLADO...

* Encerotizar: neutralizar, reducir a cero.

107

Acostumbrado a que sus superiores lo ignoren, Sebocio no cabe en su **pellejo** de gozo ante la idea de poder demostrar su saber. Así pues, se enfrasca en sus explicaciones, *olvidándose* por completo de Supermetomentodo. Nuestro héroe aprovecha el momento para coger una llave inglesa del suelo y arrojarla con fuerza contra el generador.

¡CRASSSSH!

La burbuja violeta se apaga, y el traje cae directamente en brazos de Metomentodo. Sebocio se sobresalta, **HORRORIZADO**:

—¿Qué… ha pasado? ¡Oh, no! El generador…

—¡Eso está claro, sabiondo! —le grita Metomentodo mientras sale **DISPARADO** del laboratorio.

Muy desconsolado, el científico deja caer al **SUELO** el soldador y se sujeta la cabeza con las manos:

—Y ahora, ¿quién se lo dice al Jefe?

Metomentodo echa a **CORRER**, poniéndose el traje sin detenerse.

Luego, el superhéroe sube una escalera muy empinada:

—¡Si no recuerdo mal, ahí arriba hay una salida!

A su espalda resuenan gritos y ruidos varios. ¡Alguien ha dado la **alarma**! Su huida finaliza ante dos corpulentas ratas de cloaca guardianas que le cierran el paso amenazadoras.

—¡No tienes escapatoria, ratón de superficie!

¿Estás seguro de eso?

—Insta Supermetomentodo con aire resuelto.

Un par de zancadillas bien ejecutadas bastan para que nuestro héroe deje fuera de combate

a sus adversarios. Pero de la Sala del Trono llegan otras ratas de cloaca.

Un agitado Blacky Bon Bon dirige la PARTIDA, seguido por los maltrechos Uno, Dos y Tres. La salida que Supermetomentodo recordaba, por suerte, se encuentra a pocos metros. De un salto, nuestro héroe logra salir del palacio de Blacky Bon Bon y echa a correr en busca de un escondite.

A plastado contra una cañería, nuestro héroe oye cómo Blacky ordena a sus esbirros:

—¡Removed Putrefactum de ARRIBA ABAJO! ¡Me juego los bigotes a que Supermetomentodo aún está aquí!

El superratón trata de permanecer callado y quieto, pero le empiezan a castañetear los dientes.

—¡Por mil bananas congeladas!

¡Aquí hace más frío que en la nevera de Copérnica!

Procurando hacer el menor RUIDO posible, prueba a darle instrucciones a su traje.

—¡TRAJE! ¿ME OYES?

Pero el uniforme no responde. Si no fuera por la «S» roja, parecería que Metomentodo lleva puesto un cómico y original **PIJAMA** amarillo.

—¡Traje, pareces realmente escacharrizado!* Necesitas una buena recarga. Pero para eso, primero debemos llegar a la Mansión Quesoso…

Sin sus superpoderes, Supermetomentodo tiene que recurrir a la astucia. Uno tras otro, desenrosca los **PERNOS** de la conducción hasta lograr un acceso lo bastante grande para caber en él, y luego remonta la cañería… hasta **DESEMBOCAR** al cabo de un rato, en Muskrat City.

El superroedor mira el cielo, que empieza a teñirse con las primeras luces del alba.

Y entonces exclama:

* Escacharrizado: desencajado, trastornado.

—¡**Ay, ay, ay, ay,** las ratas de cloaca están en pie de guerra y yo no puedo detenerlas con el traje descargado!

¡Tengo que ir inmediatamente a la comisaría!

Y así, nuestro héroe emprende una nueva carrera por las calles desiertas.

Sin poderes (y hasta las cejas de **CIENO** de las alcantarillas), el superroedor lucha contra el tiempo: nunca había echado tanto de menos a sus primos.

En cuanto llega a la **comisaría**, se precipita al tercer piso, donde está el despacho de Teopompo Musquash.

Sin molestarse en llamar, Supermetomentodo abre de par en par la puerta de **cristal** esmerilado: al otro lado del escritorio, el comisario está ocupado con una extraña llamada telefónica.

Supermetomentodo se deja caer en una silla:

—Comisario... —dice **jadeante**, casi sin aliento—, no creerá lo que le voy a contar... —Musquash lo mira con expresión indescifrable mientras habla por teléfono:

—Ejem... Sí, está aquí.

—*Comisario, ¿qué pasa?* —*pregunta el superratón, alarmado.*

—Ejem... verá... pues resulta... Supermetomentodo, ejem... tengo orden de retenerte aquí.

—¿Orden de quién?

Con la mirada **FIJA** en el vacío, al comisario le cuesta expresarse:

—*EJEMMM...* La orden es... del procurador Barr. Tiene que preguntarte algo, con relación al... ejem... ataque.

¿EL PROCURADOR BARR? ¿Y NO PUEDE DECÍRMELO POR TELÉFONO?

—Ejemmm… Dice que llegará dentro de poco. Mientras tanto, debo **retenerte** aquí, voluntariamente o por la fuerza.

El superratón no da crédito a sus oídos.

—Comisario, tiene que ser un **error**. Las ratas de cloaca están a punto de atacar la ciudad. Y lo que es peor… ¡mi traje está descargado!

El comisario baja la **VISTA** al suelo.

—Ejem, ejem… Sí, estoy seguro de que… este, ejem, malentendido se aclarará en seguida. Mientras, tú te quedarás aquí…

Supermetomentodo ya no sabe qué decir; pero como superhéroe que es, ha **JURADO** respetar la ley. Aunque uno de sus representantes le ordene hacer algo que no comprende.

—Está bien, comisario. ¡Esperaré al procurador Barr, pero le ruego que se apresure!

—Por supuesto. **Ejem…** en seguida lo llamo, descuida…

El superratón abandona el despacho resignado y se dirige a la sala de espera.

¡Traición!

Mientras recorre el pasillo lleno de policías y pequeños **DELINCUENTES** de aspecto poco recomendable, Supermetomentodo apenas repara en una roedora vestida con un traje de chaqueta **azul** que pasa por su lado.

La roedora es la abogada Priscilla Barr y mira a nuestro héroe sorprendida.

— ¿Supermetomentodo? ¿Qué está haciendo aquí y además de madrugada?

—le pregunta.

—¡Bueno, eso quisiera saber yo! —suspira él.

Luego, el paladín de **Muskrat City**, se encamina resignado a la sala de espera, pero la roedora lo coge del brazo.

—¿Qué pasa? ¡Nunca lo había visto con la moral tan baja!

Al mirarla, Supermetomentodo descubre unos fascinantes ojos azules. El SUPERHÉROE tiene una sensación extraña... ¿dónde ha visto antes esos ojos?

Algo CONFUSO, logra responder:

—De lo que está pasando, aún sé menos que usted. El procurador Barr es el único que puede ayudarme.

—¡¿EL PROCURADOR BARR?! PERO ¡SI ES MI PADRE!

—¡Ah! Por lo que sé, él es quien me retiene aquí... pero ¡lo peor es que en este momento las ratas de cloaca están tramando algo muy gordo!

—¿Los Bon Bon han vuelto a la carga?

121

Supermetomentodo se sobresalta:
—¿Cómo sabe de la existencia de los Bon Bon? ¡En la ciudad hay pocos que conozcan ese nombre!

Priscilla se sonroja y mira en silencio a Supermetomentodo durante un instante interminable. Luego, sin decir nada, se **aleja**.

«¡Esta comisaría me parece cada vez más **RARA**!», piensa el superroedor.

Justo en ese momento, un guardia le pide que lo siga a la sala de interrogatorios.

—¡Bananas cósmicas! Me siento como un sospechoso… ¿Qué está pasando aquí?

Nuestro héroe lleva ya una larguísima hora en la sala de **interrogatorios**, cuando la puerta se abre de pronto.

Y cuál no será su sorpresa al ver que en el umbral no aparece Musquash, ni siquiera el procurador Barr, sino tres **PERSONAJES** que le resultan demasiado familiares.

—No te ha ido mal…

—… hasta el momento, pero ahora…

—… ¡ya no te escaparás más!

Uno, Dos y Tres aún están maltrechos por la **pelea** que
ha tenido lugar en la celda,
pero se los ve muy
aguerridos.
Supermetomento-
do mira a su alre-
dedor, pero no ve
ninguna vía de es-
cape. La **CÁ**-
MARA de
vigilancia del te-
cho parece que
esté apagada.
Nuestro héroe…
¡ha caído en una
trampa!

—¿Por dónde habéis entrado? —pregunta Supermetomentodo.

—Las ratas conocen muchos pasadizos…

—… para acceder a la SUPERFICIE…

—… y uno de ellos ¡desemboca aquí dentro!

Los tres se le acercan, amenazadores.

—¡ES INÚTIL QUE PIDAS AYUDA!

—¡NUESTRO PELELE…

—… HA HECHO SALIR A SUS ESBIRROS!

Al escuchar esas palabras, Supermetomentodo lo comprende todo. Ahora está claro quién es ese **PELELE** del que hablaban Mákula y Bon Bon: ¡¡¡el comisario Musquash!!!

Uno, Dos y Tres se abalanzan sobre él.

¡Pese a tener el TRAJE fuera de servicio, el superratón se defiende con energía!

Finalmente, traicionado por el ventilador, Supermetomentodo cae al suelo.

El trío de **ratas** lo inmoviliza sujetándolo por la cola.

—¡Esta vez no lograrás ponernos…

… A UNOS… ⟶

—… contra otros! —declaran satisfechos.

Después de reducir al superhéroe, las ratas de cloaca salen a **HURTADILLAS**.

La comisaría está desierta, de modo que los tres esbirros enfilan la escalera de servicio y bajan tranquilamente hasta llegar al sótano. Allí está el aparcamiento de la policía, también **VACÍO**… Pero ¿dónde se han metido todos? El único vehículo presente es el Perforamóvil. Sin demasiados miramientos, Uno, Dos y Tres meten a Supermetomentodo en el **portaequipajes** y se acomodan en los asientos traseros.

En el del conductor está Katerino que se
 las patas satisfecho.

Uno, Dos y Tres se apresuran a informar:

—¡Misión…

—… cumplida…

… SUB-JEFE!

La «pata derecha» de Blacky comenta:

—El pelele lo ha hecho bastante bien. Regresemos lo antes posible a Putrefactum, ¡este **CONTRATIEM-PO** está retrasando la invasión!

La limusina violeta se pone en marcha con estruendo. La **perforadora** se abre camino atravesando cemento, tierra y alcantarillado, avanzando casi en

línea vertical

hacia las profundidades del subsuelo.

P riscilla Barr irrumpe como un ciclón en el despacho de Teopompo Musquash, pero el **comisario** no parece inmutarse. Con voz neutra, se limita a decir:

—Abogada, ¿qué hace aquí tan temprano?

—*¡¡¡Estoy aquí por un cliente, pero me gustaría hacerle la misma pregunta!!! —le espeta ella, echando chispas por los ojos.*

El comisario se encoge detrás del escritorio:

—Ejem... hum... ¿eh?

—Comisario, he visto a Supermetomentodo en el pasillo. Me ha dado la sensación de que estaba detenido.

—Humm… Detenido es una palabra excesiva… digamos que… —divaga el comisario.

Priscilla lo mira IMPACIENTE.

—¡Ya estoy harta de sus «ejem»! Supermetomentodo me ha dicho que lo tenían retenido aquí por orden del procurador. ¿Es eso cierto?

Musquash JUGUETEA con su sombrero.

—S-sí, en efecto, el procurador, es decir, su padre, me ha, ejem… llamado esta mañana y me ha ordenado que lo retuviera…

¡ME PARECE MUY RARO, PERO EN SEGUIDA LO COMPROBAREMOS!

El comisario Musquash la mira asustado, con los bigotes temblorosos. Entre tanto, Priscilla TECLEA un número en su móvil.

—Hola… ¿papá? Soy Priscilla. Quisiera saber una cosa… ¡Mejor te paso al comisario Musquash para que te lo explique!

El comisario se afloja el nudo de la corbata, le cuesta tragar. Priscilla le acerca el MÓVIL a la oreja, pero entonces el aparato suelta una descarga que ALCANZA al pobre policía en el cuello.

¡ZOR!

—¡Oh, lo siento! —exclama Priscilla recuperando el móvil **HUMEANTE**—. ¿Cómo es posible? ¡Si el teléfono es nuevo!

—¡No… umf… no pasa nada, abogada!

Pero Priscilla está realmente consternada.

DÍGAME, ¿LE HE HECHO DAÑO?

Teopompo Musquash se deja caer en la silla.

—Estoy avergonzada… —sigue excusándose la hija del procurador, al **VER** que el comisario empieza a sollozar, con la cabeza entre las manos.

—¡Snif, snif! Pero ¿qué… qué me está pasando? ¡No, no, no quiero! ¡Sí… vale… lo haré! Priscilla no lo entiende. Al cabo de un ins-tante, el comisario cambia totalmente de registro y se dirige a ella con voz autoritaria.

—¡ABOGADA BARR! ¡ENTRÉGUESE!

—¿Entregarme? —pregunta ella, muy confusa.

—¡Sí! —afirma el comisario Musquash—. Lesión muy grave a un funcionario público.

¡QUEDA USTED DETENIDA!

El comisario le lanza unas esposas y Priscilla las coge al vuelo.

—¿Acaso… quiere que me espose yo misma?

—Exacto, quiero decir… umpf… umpf… —insiste el comisario—. Pero ¿qué estoy diciendo? ¡No! ¡Huya! ¡Huya, se lo ruego!

Priscilla está **ALUCINADA**:

—Así pues, señor comisario, ¿qué debo hacer? ¿Esposarme o huir?

El comisario vacila, es incapaz de tomar una decisión. Un hilillo de humo se eleva de su cuello chamuscado.

—¡Huya de inmediato… póngase las esposas!

¡Qué dolor de cabeza!

Musquash sacude la cabeza, se lo ve bloqueado, incapaz de reaccionar. Su cuello continúa echando humo.

—¡Ay, ay, ay! Es tan absurdo… si supiese… Desde hace unos días… con este **dolor de cabeza**… no doy pie en bola. ¡Me siento cansado y entonces empiezo a decir despropósitos!

Priscilla se ha quedado **ESTUPEFACTA**:

—Pero ¿qué está diciendo, comisario?

—¡La verdad! ¡Solamente la verdad! —contesta él gimoteando—. Yo… umpf… yo no quería… amenazarla, pero llega un momento en que… **UMPF… UMPF…**

El comisario empieza a agitar las manos y a hacer extrañas muecas con el morro.

—¿Lo ve? ¡Ya me está pasando otra vez!

—¿Otra vez?

¡TIENE QUE OBEDECERME, ABOGADA!

Su tono autoritario hace estremecer a Priscilla.

—¡ESTÁ USTED DETENIDA! ¡SÍ! QUIERO DECIR, ¡NO! ¡NO, HE DICHO QUE SÍ!

De un prodigioso brinco, Teopompo Musquash salta sobre el escritorio. Priscilla lo **OB-SERVA** hacer equilibrios en la mesa, como si fuera un campeón de surf. Hay algo inexplicable en su comportamiento. *Se diría que el comisario está luchando contra dos voluntades opuestas.*

Priscilla trata de hacerlo reaccionar:

—¡Comisario Musquash! ¡Vuelva en sí! ¡Usted es el Héroe del Distrito Décimo! —le recuerda—. Mi padre siempre me contaba su valiente gesta, cuando sofocó aquel gran INCENDIO… —insiste la roedora.

Musquash se estremece y estalla en sollozos.

—¡Entonces las cosas sí que iban bien! Pero ahora… ¡pobre de mi!

Priscilla se le acerca, ya no siente ningún temor.

—Señor comisario, quiero que me ayude a entender lo que está pasando…

Musquash se enjuga unos LAGRIMONES.

—¿Y cómo? Si empiezo a hablar… al cabo de unos minutos… ¡Hago cosas absurdas!

—Entonces, comisario, ¡no hable! —le sugiere Priscilla—. ¡DIBUJE!

El comisario se la queda mirando, radiante. Rebusca en un cajón de su escritorio, saca una pila de folios blancos y empieza a dibujar muy concentrado.

—¿Se siente manejado, comisario? No, no pierda la calma, responda con un gesto de la cabeza. Antes del atraco… ¿hizo algo **DISTINTO** de lo habitual? —Priscilla espera un gesto que no llega—. ¿Un viaje? O tal vez, qué sé yo, ¿se encontró a alguien?

Él asiente enérgicamente con la cabeza.

—**¿A QUIÉN?** —pregunta Priscilla—. ¿Un ciudadano de **Muskrat City**?

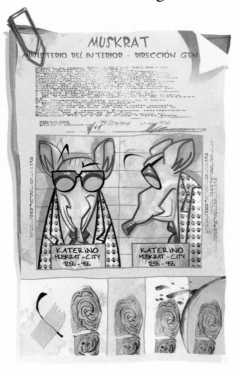

El comisario se inclina sobre el fichero y saca una ficha con la **FOTO** de Katerino. Ella se queda atónita.

—¿Se **ENCONTRÓ** a Katerino?

Musquash la mira atónito y esta vez la hija del procurador se ve obligada a dar

MARCHA ATRÀS

para no delatarse.

—Me refería a… Sí, lo he oído comentar en los tribunales… un auténtico morro descarriado, ¿no es cierto?

Él asiente con una serie de **enérgicos** gestos.

—Así pues, ¿cuándo se encontró con él?

El comisario le muestra el dibujo.

—¿El día del **ATRACO**? —sugiere ella—. ¿Después del atraco? ¿Antes del atraco?

Gesto afirmativo.

—Recapitulemos: usted iba por las calles de Muskrat City y se **CRUZÓ** con Katerino poco antes del robo en la joyería Brillantina. Y después… ¿qué pasó?

El **comisario** le da una palmada en el hombro. Después una segunda y una tercera, hasta que Priscilla acaba comprendiendo:

—¿Katerino le dio una **PALMADA** en la espalda? ¿Y por qué? Hummm, le dio una palmada en la espalda… —murmura luego, mientras camina nerviosa por el despacho—. Eso es algo realmente extraño en un tipo tan **escurridizo** como Katerino.

El comisario vuelve a masajearse las sienes.

—¡Oh, no!... Creo… que me está volviendo a empezar…

—¡Ajá! —La hija del procurador se detiene ante la **FOTO** del comisario Musquash que cuelga en su despacho y la observa atentamente.

PERO… ¡ESPERE UN SEGUNDO!

Priscilla señala un punto en concreto del cuello de su interlocutor:

—EN ESTA FOTO... ¡USTED NO TIENE NINGÚN LUNAR!

Teopompo Musquash parpadea muy de prisa. Al instante, Priscilla Barr se abalanza sobre él y toca el **LUNAR** negro que tiene en la base del cuello. A decir verdad, no es un lunar, sino un extraño artilugio del que sale un largo y delgado **HILO** de humo. Segura de sí misma, Priscilla se lo arranca.

—¡AYYY!

—exclama él—. ¿Qué hace?

—¡Resuelto! —exclama la chica con voz triunfal—. Observe: es un **MICRÓFONO**...

Así pues, lo que a simple vista parecía un lunar, ha resultado ser un *sofisticado* trans-misor-espía.

—Si la intuición no me falla, las ratas lo estaban escuchando… o quizá peor, ¡lo controlaban!

¡NO!

—¡Pues yo creo que sí! ¡Compruébelo usted mismo!

El comisario aprieta el sutil lunar en su puño.

—¡COBARDES! ¿ME OÍS? Y ahora… ejem… ejem… —en su rostro se dibuja el desconcierto—. ¿Ahora qué debo hacer?

Priscilla le guiña un **OJO**:

—¡Eso, es usted quien debe saberlo!

—¡Tiene razón! ¡Llamaré a Supermetomentodo!
Silencio.

Musquash se golpea la frente con la mano.

—¡Oh, no es posible! ¡Supermetomentodo no me puede ayudar! Cuando estaba bajo el control de ese TRASTO-TRANS-MISOR he autorizado a los secuaces de Blacky Bon Bon para que se llevasen de aquí a nuestro SUPERHÉROE. Y ahora… ¿quién nos ayudará?

Pero Priscilla Barr, silenciosa como un fantasma, ya ha desaparecido de su despacho, dejando tras de sí un delicado rastro de perfume.

A solas con sus pensamientos, el comisario da vueltas al sombrero entre las manos. Aún no se cree que las ratas lo hayan utilizado como a un pelele para sus siniestros planes. Pero ya no hay tiempo para el estupor; ¡ahora toca actuar, y de prisa!

—¡Las cosas no pintan nada bien! Tengo el número secreto de Supermetomentodo, pero él está en poder de las ratas. ¡Y todo por mi culpa!

El comisario mira por la ventana, como si buscara ayuda.

—Debo salvar a Supermetomentodo… pero… ¿cómo? ¡Las patrullas POLICIALES no pueden llegar hasta Putrefactum! Eso significa que tendré que ir solo…

Justo en ese momento, más allá de la puerta de **cristal**, una sombra lo sobresalta. Asustado, se levanta de golpe. Teme que las ratas hayan vuelto a la comisaría.

—¿QUIÉN ANDA AHÍ?

—pregunta, temeroso.

—¿Entrar se puede? —responde una voz con un insólito acento **oriental**.

Un pequeño roedor entra en el despacho de Teopompo Musquash.

—¿Y USTED QUIÉN ES?

146

El roedor hace una reverencia:

—**Maestro Huang**, mi nombre es. ¡A petición de mi alumna, venido he!

—¿Alumna? ¿Qué alumna?

Un segundo *personaje* entra en la estancia. Es una roedora enmascarada y lleva un traje azul oscuro.

En cuanto la ve, Musquash se anima.

—**¡Lady Blue!** Menos mal que ha llegado… ¡He sido un aliado inconsciente de la Banda de los Fétidos, pero ahora quiero redimirme! —exclama con decisión.

—Ninguna culpa usted tiene, **comisario**; ¡víctima de siniestro juego ha sido! —sentencia el Maestro Huang.

A continuación, Lady Blue toma la palabra:

—¡Comisario, tiene que reaccionar! ¡Debemos liberar a Supermetomentodo!

—¡¿Debemos?! Pero ¡si yo no tengo poderes!

¡VALOR DEL HÉROE NO SÓLO EN PODERES RESIDE!

—Sentencia el Maestro Huang.

El comisario traga saliva y por fin se decide:

—¡Vamos, pues! ¿A qué estamos esperando?

LOS TRES ATRAVIESAN PASILLOS Y SALAS DE ESPERA.

—¿Por dónde empezamos? —pregunta la fascinante Lady Blue.

—Creo que las ratas han excavado un túnel en el sótano —explica Musquash con gran determinación—. ¡A través del **TRASTO-TRANSMISOR** me pidieron que alejara a los policías del garaje!

El trío desciende al aparcamiento; justo delante, ven el agujero que ha abierto el Perforamóvil.

—Silenciosos debemos ser.

—¡No hay problema, Maestro! ¡Seremos **invisibles**! Dicho esto, Lady Blue se saca del cinturón su indestructible cable de acero y lo fija al borde del **HUECO**. Luego se vuelve hacia sus compañeros:

—¡Bajaremos con esto! Musquash mira atemorizado hacia el **abismo**, pero el Maestro Huang lo tranquiliza con un gesto. Entonces, Lady Blue empieza a bajar, seguida por el Maestro Huang y un perplejo y asustado Teopompo Musquash.

—¡Comisario, si padece **vértigo** no mire hacia abajo! —exclama sonriente la superroedora. Él siente un **escalofrío** a lo largo de toda la espalda, pero responde, tratando de disimular:

—**¡OK!** ¡Haré cuanto esté en mi mano, Lady Blue! ¡Tiene mi palabra!

Tras unos largos e interminables minutos de descenso, los tres empiezan a vislumbrar un **resplandor verdoso** a sus pies; al cabo de unos instantes, ya tocan el suelo. Putrefactum les da la bienvenida con un hedor insoportable.

Los tres se mueven en la SEMIOSCURIDAD, hasta que vislumbran la ciudad de las ratas de cloaca.

El Maestro Huang musita:

—¡Ahora, encontrar la prisión de Supermetomentodo debemos!

Lady Blue asiente:

—Yo ya he estado aquí. ¡Seguidme!*

Se adentran en las callejuelas de Putrefactum.

—¡LA CIUDAD ESTÁ DESIERTA! —observa el comisario.

—¡Eso porque las ratas de cloaca congregadas en un solo lugar están!

—¿Dónde, Maestro?

* Lady Blue ha descendido a Putrefactum en los libros: *Los defensores de Muskrat City* y *La invasión de los monstruos gigantes*.

Huang señala la plaza que rodea la Roca de Putrefactum. Está atestada de soldados en formación de combate, pertrechados con fusiles de rayos, creación de Sebocio.

¡VAN ARMADOS HASTA LOS DIENTES!

—comenta Musquash, consternado—. Hum… ¿Cómo nos las apañaremos para entrar en la Roca, Maestro?

Con un **RAPIDÍSIMO** movimiento, el Maestro Huang apunta su bastón de combate hacia una zona indeterminada, a espaldas de **Lady Blue** y del comisario Musquash. Con sus sentidos extremadamente desarrollados ha captado un ruido. Unos pasos marciales se están acercando.

—¡Oh, no! ¿Y ahora?

—¡Pequeña escuadra de ratas de cloaca es! A reunirse con el resto de las tropas va.

—Pero ¿cuántas son? —pregunta ansioso el comisario Musquash.

—Justamente tres… ¡La fortuna a los audaces ayuda!

El ejército de Putrefactum

E l Maestro Huang se aleja en la oscuridad, dejando a Musquash con una gran duda **rondándole** el cerebro. Lady Blue, por el contrario, sigue imperturbable, como de costumbre.

Poco después, en la penumbra se oye un **¡THUD!** Seguido de una larga serie de

¡PUNCH! **¡PAFF!**
¡STUMM! ¡OUCH!

El pequeño Maestro vuelve con sus amigos, ileso y satisfecho… cargado con tres ratas inconscientes. Y llenas de **CHICHONES**.

—Ahora, tres perfectos disfraces tenemos.

El comisario, el Maestro y lady Blue desnudan a las tres **RATAS DE ALCANTARILLA**, se ponen sus uniformes y finalmente, se miran unos a otros.

—¿Qué tal estoy? —pregunta Lady Blue.

—¡Para parecer rata de cloaca, cara de mala poner deberías!

Lady Blue **RECHINA** los dientes:

—¿Así?

—Convincente eres. ¿Y el comisario?

Musquash adopta una expresión ausente.

Huang lo mira y le guiña un ojo:
—Contentarnos deberemos, a falta de algo mejor.

—Pues usted, Maestro Huang, me parece un poco demasiado pequeño para parecer una rata de alcantarilla… —masculla nervioso Teopompo Musquash.

¡EL PODER DE LA VOLUNTAD NUNCA OLVIDAR DEBES!

—sentencia el sabio.

A continuación cierra los ojos, concentrándose. El uniforme, que le iba holgado, de repente

aDQUIERE VOLUMEN...

¡El Maestro Huang parece más alto!
—Nunca infravalorar debes la sabiduría superzen… —dice—… ¡y llevar contigo zancos de VIAJE nunca has de olvidar!

Por fin, los tres se incorporan a toda prisa a las formaciones de soldados. El comisario Musquash acaba en la primera fila, Lady Blue en la segunda y el Maestro Huang más atrás.

Una rata se acerca a Lady Blue y le susurra con su **fétido aliento**:

—Guapa, hoy nos convertiremos en los amos de Muskrat City. ¿Qué te parece si luego salimos a celebrar la victoria?

... ¡Te lo agradezco, pero esta tarde ya tengo hora en la manicura!

Justo en ese instante, una voz estridente anuncia:

—¡Soldados! ¡AAA-TENCIÓN!

Es Mákula, la esposa del Jefe.

A su lado están Elf y Burp, que, pese a estar limpios y **PERFUMADOS**, no dejan de rascarse de puro aburrimiento. Detrás de ella está Fiel, con el semblante iluminado por una cruel alegría ante el inminente ataque.

Pero quien realmente destaca por encima de todos es el señor de Putrefactum: Blacky Bon Bon, **JEFE** indiscutible de todas las ratas de alcantarilla.

Con paso marcial, pasa revista a las tropas; después, cruza los brazos, dispuesto a pronunciar su primer dircurso.

—¡QUERIDAS RATAS! ¡FIELES SÚBDITAS DE PUTREFACTUM!

—brama Blacky—. Hoy es el gran día… Muskrat City está indefensa… ¡¡¡esperando a que nosotros la conquistemos!!!

El Jefe hace una pausa, saboreando el silencio cargado de expectación. Luego prosigue:

—Abandonamos las **ALCANTARILLAS** (¡puag!) para volver a apropiarnos de lo que nos corresponde por derecho: ¡la superficie!

Katerino asiente con admirada convicción. Blacky continúa:

—¡En cuanto estemos allí arriba, ya sabéis lo que hay que hacer: **destruid**, devastad y, sobre todo, dad caza a los muskratenses! ¡Tenemos las armas, tenemos la fuerza, tenemos el destino de nuestra parte!

Sebocio se enjuga una **LÁGRIMA**, conmovido.

—… y naturalmente, ¡tenemos la certeza de que venceremos! ¡Ratonas y ratones… nuestro enemigo número uno, el defensor de Muskrat City, es nuestro prisionero! ¡Ahí lo tenéis!

La **multitud** lanza un grito de triunfo. Todos tienen la mirada puesta en la limusina de Blacky, aparcada junto a la plaza: un indiferente Supermetomentodo se halla encadenado a la **perforadora** cromada.

Lady Blue siente el impulso de salir disparada hacia él, pero el Maestro Huang la retiene.

—¡AÚN EL MOMENTO NO ES!

—le susurra.

Las ratas siguen exaltándose, pero Blacky las corta en seco y las hace callar.

—Antes de proceder, quiero dar las gracias a nuestros valiosos agentes de la **superficie**: mi leal brazo derecho, Katerino…

Estalla un clamoroso aplauso, al que el ratón larguirucho corresponde con una reverencia.

—… y su sobrino, el genio informático Warp, que tiene bajo control **hipnótico** al comisario Musquash con un sofisticado sistema de mando…

Blacky Bon Bon busca entre la multitud a la joven **RATA DE CLOACA**, pero Katerino le susurra:

—Warp se ha quedado en la superficie, Jefe… Ha habido problemas con el Transmisor-espía Marioneta… Por lo visto… una **INTER- FERENCIA**, pero ¡todo volverá a estar bajo control!

El Jefe de las ratas de alcantarilla asiente y levanta los brazos para recibir la ovación de la masa, mientras camina decidido y con paso marcial hacia Supermetomentodo.

Mientras el estruendo de las ratas sube de volumen, Blacky le **SUSUrra** a Supermetomentodo al oído:

—¿Qué te parece? ¡Al final nos has sido útil!

Supermetomentodo se agita y sacude las cadenas que lo mantienen unido al Perforamóvil:

—¡No os saldréis con la vuestra, ratazas del tres al cuarto!

Katerino le hace una mueca:

—¡Ya verás, ahora que eres nuestro prisionero, tus socios se rendirán sin rechistar! ¡Los superratones tenéis el corazón blando como un quesito!

—¡Ya basta de cháchara!

—brama Blacky—. Las tropas están preparadas.

Poned en marcha el Perforamóvil y subid a bordo. ¡Yo mismo dirigiré el ataque!

El motor empieza a **RUGIR**. Del tubo de escape salen densas nubes de color violeta.

—Por fin, vamos allá… —dice Mákula con mirada soñadora.

> Te lo había prometido, Makulita, y ahora la promesa se está haciendo realidad.

Fiel hace una mueca:

—¡Vaya, vaya! Pero qué empalagosos… *etcétera*. ¡**CORTAD** el rollo! ¡Ya tengo prisa por destruir algo!

El estruendo del motor está al máximo.

Blacky se gira y da la orden de ataque a sus soldados, pero su hocico se topa con las **GA-FAS** oscuras de su «pata derecha».

—¿Katerino? ¡Creía que ibas al volante!

—No, en el coche están Uno, Dos y Tres.

—Pero ¡si nosotros…

—… aún estamos…

—… aquí!

—ENTONCES, ¡¿QUIÉN ESTÁ CONDUCIENDO?!

El Perforamóvil sale derrapando. La banda se queda con la boca abierta.

Fiel es la primera en reaccionar:

—¡Papaíto, lo he reconocido! ¡El que iba al volante era el pelele… *etcétera*, el comisario Musquash!

Mákula se lleva las **patas** a la cabeza:

—¡Por mil cucarachas rabiosas! ¿Cómo es posible algo así?

Blacky está fuera de sí:

—¡Soldados! ¡Detened ese vehículo!

El **PERFORAMÓVIL** atraviesa la plaza a toda velocidad. Encadenado a la perforadora, Supermetomentodo logra volverse y echar un vistazo al asiento del conductor.

—¡BANANAS ESPACIALES, no me lo puedo creer!

Comisario Musquash, ¿es usted realmente?

Musquash, ya libre del disfraz, le responde orgulloso:

¡DÉJAME A MÍ, SUPERMETOMENTODO!

Y luego se permite un espectacular derrape, que de paso frustra el asalto de dos ratas de cloaca.

¡He aprovechado la situación para colarme en el coche sin que me vieran!

—grita el comisario—. ¡Con toda la confusión reinante, ha sido un juego de niños!

Acosada por el **EJÉRCITO**, la limusina de los Fétidos empieza a girar en redondo. Las ratas de cloaca están por todas partes, algunas apuntan amenazadoramente al Perforamóvil con sus fusiles lanzarrayos.

—¿Estás preparado, Supermetomentodo?

—¡VAYA, VAYA, VAYA!
¡Estoy preparado, comisario!

—exclama sin pestañear el superhéroe.

¡Ahora que los paladines de **Muskrat City** han unido sus fuerzas, ya nada puede detenerlos!

Al volante del Perforamóvil, el comisario Musquash continúa su carrera alrededor de la Roca de Putrefactum, abriéndose paso entre las filas de guerreros armados. Blacky grita fuera de sí:

—¡Comebasuras traicioneros! ¡Sois setecientos y ellos sólo cuatro!

¡SÍ, PERO TIENEN EL PERFORAMÓVIL EN SU PODER!

—puntualiza Sebocio.

—¡Está claro que esos palurdos no saben usarlo! —le replica Mákula, tajante.

Justo en ese instante, la limusina AVANZA directamente hacia Bon Bon.

El vehículo está cubierto por una nube de ratas de cloaca que se agarran a la carrocería; los soldados luchan con UÑAS y dientes para no perder su presa.

En el capó, Lady Blue, el Maestro Huang y Supermetomentodo se defienden con gran agilidad de los ataques de las ratas.

De pronto, Musquash toma una curva muy cerrada y el Perforamóvil se inclina peligrosamente: las **RUEDAS** chirrían sobre el mármol de la plaza y las ratas salen disparadas junto con sus armas. Los miembros de la Banda de los Fétidos se repliegan para evitar que los atropellen. Musquash controla de nuevo el coche y se lanza otra vez al *ATAQUE*. ¡Es como si hubiera reaparecido el Héroe del Distrito Décimo, un policía intrépido y valeroso! En la segunda vuelta, consigue acercarse a Blacky.

El jefe de las ratas echa a correr, aprovechando el poco aliento que le queda.

173

El **comisario** trastea con los botones de colores del salpicadero. Cada uno corresponde a una arma distinta.

—Veamos para qué sirve… ¡éste!

Tras darle al pulsador, una niebla violácea empieza a propagarse a través del tubo de escape del Perforamóvil.

—**¡La Cortina De Humo!**

—exclama sonriente.

—¡AAARRRGH! ¡Me las pagarás, Musquash! ¡Todos me las pagaréis!

¡Las pocas ratas que aún se mantienen en pie, se preparan para el último **asalto**!

Pero el comisario ni siquiera pestañea:

—¡Superhéroes, al vehículo!

Con agilidad, Supermetomentodo salta desde

¡SUPERMETOMENTODO, DE UN SALTO…

1

el techo y entra en la limusina.

—¡Tengo que ad-mitirlo: habría que llamarla «Lujosina»! —exclama admirado.

Lady Blue y el Maestro Huang lo siguen, entran en el Perforamóvil cada uno a su estilo. El comisario sigue conduciendo a todo gas.

... EL MAESTRO HUANG, CON UN VELOZ MOVIMIENTO...

2

—¡Poneos cómodos, ahí detrás!

... LADY BLUE, CON UNA VOLTERETA!

3

—les dice a los demás, tras lo cual, hace sonar con fuerza el claxon. Supermetomen-todo exclama risueño:

—¡Conozco este sonido!

¡SKRIIIIIII!

El claxon de ultrasonidos aturde a las ratas que aún se mantienen en pie.

En cuanto el último soldado cae al suelo, derrotado por el INSOPORTABLE ruido, el comisario puede finalmente detener el coche.

Los cuatro roedores abren las portezuelas y bajan para disfrutar de la escena. Ante ellos sólo hay **ratas de alcantarilla** vencidas o en fuga. De la Banda de los Fétidos no queda ni rastro.

—¡Estarán escondidos en cualquier parte! —exclama el comisario.

El Maestro Huang está manipulando un FUSIL de rayos. Después de desmontarlo, saca la batería que lo alimenta y se la lanza a Supermetomentodo.

El superroedor le guiña un ojo mientras Lady Blue se acerca.

—¿Para qué la necesitas?
Supermetomentodo sujeta la

BATERÍA.

Poco a poco, su gran capa empieza a agitarse y a moverse.

A continuación, se oye una vocecilla inconfundible:

—*¡Parámetros operativos restablecidos, superjefe!*

A Lady Blue se le ilumina el semblante:

—¡Ya lo entiendo! ¡Has recargado el traje!

El superroedor contesta sonriente:

—Ya lo sospechaba, pero el muy charlatán de Sebocio me lo ha confirmado: nuestros trajes utilizan una ENERGÍA que viene de las estrellas y que corre por la sangre de nuestra familia. Pero esa energía también debió de filtrarse en el subsuelo y los Fétidos han aprendido a utilizarla.

—¡Diferencia reside en el uso que se le da a esa energía! —sentencia el **Maestro Huang**. Supermetomentodo aprovecha el momento y se acerca aún más a Lady Blue:

—Por cierto, Lady Blue… gracias por lanzarte a salvarme…

Ahora, la superroedora está más **roja** que **azul**.

—**¿Qué haríamos sin ti?**

—responde, mirándolo con sus irresistibles ojos azules.

Maravillado y muy emocionado a la vez, Supermetomentodo quiere responder a Lady Blue, pero... en el momento culminante, el Maestro Huang lo **INTERRUMPE**.

—Tiempo de romanticismos aún no es. ¡Abandonar este antro debemos!

—¡Tiene razón! ¡Traje!

—*¡Siempre a tus órdenes, superjefe!*

¡MODALIDAD PLATAFORMA!

Dicho lo cual, Supermetomentodo se transforma en un espacioso montacargas:

—¡Todos arriba!

Radiante, el victorioso cuarteto se eleva del suelo de Putrefactum. La larga ascensión hacia casa acaba de empezar.

E n Muskrat City está a punto de salir el sol. Frente a la jefatura de **POLICÍA** se ha congregado un peculiar cuarteto: el comisario Musquash, Supermetomentodo, Lady Blue y un tipo bajito de rasgos **orientales**, llamado Maestro Huang, que se está despidiendo de sus amigos.

—Concluida la misión está. ¡Volver a mi trabajo ahora debo!

—Muchas gracias de nuevo por su ayuda, Maestro Huang —le dice **Lady Blue**.

El anciano roedor le hace una reverencia:

—Combatir a vuestro lado, un honor es. ¡A mis viejos tiempos me transporta!

A continuación, saluda a Supermetomentodo:

—Buena suerte... ¡y mis saludos transmite a la hermosa cocinera-científica!

—¡ASÍ LO HARÉ, MAESTRO!

—¡A usted, comisario, mis felicitaciones quiero expresarle por su valor!

Al oír esas palabras, Musquash se siente muy **ORGULLOSO**:

—Sólo he cumplido con mi deber... soy yo quien debe darle las gracias, Maestro.

Mientras el sabio roedor se va dando saltos, Musquash se vuelve hacia Supermetomentodo.

—NO SÉ QUE HABRÁS PENSADO DE MÍ, SUPERMETOMENTODO...

—¡Bueno, he pensado que... a usted también le convendrían unos días de vacaciones!

—¡QUÉ VERGÜENZA! ¡Manipulado como una marioneta por un niño!

Supermetomentodo y Lady Blue intercambian una mirada de complicidad. Luego, el superhéroe trata de animar al comisario.

—¡**COMISARIO**, lo importante es haber desbaratado los planes de los Fétidos! ¡Y sin usted no lo hubiéramos logrado!

—Ejem… ya… aunque la *idea* de que ese tal Warp haya logrado borrar su rastro después de controlarme como a un pelele, no me tranqui-

liza en absoluto… Mis colegas han encontrado su apartamento lleno de artilugios **ELEC-TRÓNICOS**, pero él… ¡ha desaparecido!

—No me sorprende. Pero ya verá como tarde o temprano se dejará ver. ¡Y entonces lo cogeremos por sorpresa!

—**SI AL MENOS LE CONOCIÉSEMOS LA CARA…** —murmura el comisario.

—¡Bueno, si tal como hemos oído es el sobrino de Katerino, ¡ya tenemos un indicio! —interviene Lady Blue, sonriente.

El comisario juguetea nervioso con su sombrero.

—Y ahora ¿qué le pasa, comisario?

—Oh, nada… sólo me preguntaba si deberíamos **comprobar** que no haya otros transmisores-espía circulando por la ciudad.

—¡Es una excelente idea!

—¡Habría que controlar a todas las personas importantes de Muskrat City! —añade Lady Blue.

—¡Me esperan días de mucho trabajo! —admite el policía, suspirando—. Pero sin vosotros todo sería más difícil. ¡Gracias, SUPERHÉROE!

El comisario saluda a sus amigos y se dirige a su oficina: ¡el deber lo reclama! Y así, Supermetomentodo y Lady Blue se quedan solos. La superroedora vestida de azul sonríe:

—La ciudad vuelve a estar a salvo.

YA, YA, YA...

—¿Hoy tienes algo más que hacer?

—¡Oh, no! ¡Con la aventura de esta noche ya tengo bastante para toda una semana! Y tú, ¿tienes algo que hacer?

—Bueno, debería retomar mi identidad normal y **COrrer** al trabajo. Tengo un montón de asuntos urgentes en mi agenda. Pero…

Supermetomentodo la **MIRA**, esperanzado:

—¿Pero…?

—Para ser sincera, querido Supermetomentodo… ¡estoy **MUERTA DE HAM-
BRE**! Y como siempre dice el Maestro Huang,
«¡Comer importante es para quien sobre los
laureles nunca se duerme!».

Supermetomentodo se apresura a ofrecerle el
brazo:

EN ESE CASO, ¿PUEDO
INVITARTE A DESAYUNAR,
MISS BLUE?

Lady Blue suelta una carcajada.

—¡Qué ocurrencia! ¿DESAYUNAR
con este traje puesto?

—¡Bananas espaciales! ¡Conozco un sitio donde también sirven a los superhéroes!

Lady Blue lo mira con ojos SOÑADORES,
y ambos se adentran en las calles de Muskrat
City.

—Pero ¿existe realmente un local para superhéroes?

—¡Oh, sí! ¡¡¡Se llama «Superpizza»!!!

ÍNDICE

¡LUCHA EN EL TEJADO ARDIENTE!   7

DUDAS Y PREGUNTAS   19

UN ENCUENTRO EN LA OSCURIDAD...   28

UN PLAN INFALIBLE   36

EXTRAÑOS INDICIOS   44

¡PERSECUCIÓN!   51

CAOS EN EL BOULEVARD   60

LA TRAMPA   69

EN LAS GARRAS DE LAS RATAS DE CLOACA   78

EN LA CELDA   88

¡SUPERHÉROE EN ACCIÓN!   96

¡LIBRE!   102

¿REALMENTE LIBRE?   111

¡TRAICIÓN!   119

UN LUNAR EN SU CARRERA   130

¡CUIDADO CON ESOS TRES!   145

EL EJÉRCITO DE PUTREFACTUM   154

BATALLA EN EL SUBSUELO   163

TODO SIGUE IGUAL   181

Geronimo Stilton

Marca en la casilla correspondiente los títulos
que tienes de todas las colecciones de Geronimo Stilton:

Colección Geronimo Stilton

☐ 1. Mi nombre es Stilton,
    Geronimo Stilton
☐ 2. En busca de
    la maravilla perdida
☐ 3. El misterioso
    manuscrito de Nostrarratus
☐ 4. El castillo de Roca Tacaña
☐ 5. Un disparatado
    viaje a Ratikistán
☐ 6. La carrera más loca del mundo
☐ 7. La sonrisa de Mona Ratisa
☐ 8. El galeón de los gatos piratas
☐ 9. ¡Quita esas patas, Caraqueso!
☐ 10. El misterio del
    tesoro desaparecido
☐ 11. Cuatro ratones
    en la Selva Negra
☐ 12. El fantasma del metro
☐ 13. El amor es como el queso
☐ 14. El castillo de
    Zampachicha Miaumiau
☐ 15. ¡Agarraos los bigotes…
    que llega Ratigoni!
☐ 16. Tras la pista del yeti
☐ 17. El misterio de
    la pirámide de queso
☐ 18. El secreto de
    la familia Tenebrax
☐ 19. ¿Querías vacaciones, Stilton?
☐ 20. Un ratón educado
    no se tira ratopedos
☐ 21. ¿Quién ha raptado a Lánguida?
☐ 22. El extraño caso
    de la Rata Apestosa
☐ 23. ¡Tontorratón quien
    llegue el último!
☐ 24. ¡Qué vacaciones
    tan superratónicas!

☐ 25. Halloween… ¡qué miedo!
☐ 26. ¡Menudo canguelo
    en el Kilimanjaro!
☐ 27. Cuatro ratones
    en el Salvaje Oeste
☐ 28. Los mejores juegos
    para tus vacaciones
☐ 29. El extraño caso de
    la noche de Halloween
☐ 30. ¡Es Navidad, Stilton!
☐ 31. El extraño caso
    del Calamar Gigante
☐ 32. ¡Por mil quesos de bola…
    he ganado la lotorratón!
☐ 33. El misterio del ojo
    de esmeralda
☐ 34. El libro de los juegos de viaje
☐ 35. ¡Un superratónico día…
    de campeonato!
☐ 36. El misterioso
    ladrón de quesos
☐ 37. ¡Ya te daré yo karate!
☐ 38. Un granizado de
    moscas para el conde
☐ 39. El extraño caso
    del Volcán Apestoso
☐ 40. ¡Salvemos a la ballena blanca!
☐ 41. La momia sin nombre
☐ 42. La isla del tesoro fantasma
☐ 43. Agente secreto Cero Cero Ka
☐ 44. El valle de los esqueletos
    gigantes
☐ 45. El maratón más loco
☐ 46. La excursión a las cataratas
    del Niágara

ros especiales
Geronimo Stilton

- ☐ En el Reino de la Fantasía
- ☐ Regreso al Reino de la Fantasía
- ☐ Tercer viaje al Reino de la Fantasía
- ☐ Cuarto viaje al Reino de la Fantasía
- ☐ Quinto viaje al Reino de la Fantasía
- ☐ Sexto viaje al Reino de la Fantasía

- ☐ Viaje en el Tiempo
- ☐ Viaje en el Tiempo 2
- ☐ La gran invasión de Ratonia

Grandes historias Geronimo Stilton

- ☐ La isla del tesoro
- ☐ La vuelta al mundo en 80 días
- ☐ Las aventuras de Ulises
- ☐ Mujercitas
- ☐ El libro de la selva

Cómic Geronimo Stilton

- ☐ 1. El descubrimiento de América
- ☐ 2. La estafa del Coliseo
- ☐ 3. El secreto de la Esfinge
- ☐ 4. La era glacial
- ☐ 5. Tras los pasos de Marco Polo
- ☐ 6. ¿Quién ha robado la Mona Lisa?
- ☐ 7. Dinosaurios en acción
- ☐ 8. La extraña máquina de libros

Tea Stilton

- ☐ 1. El código del dragón
- ☐ 2. La montaña parlante
- ☐ 3. La ciudad secreta
- ☐ 4. Misterio en París
- ☐ 5. El barco fantasma
- ☐ 6. Aventura en Nueva York

- ☐ 7. El tesoro de hielo
- ☐ 8. Náufragos de las estrellas
- ☐ 9. El secreto del castillo escocés
- ☐ 10. El misterio de la muñeca desaparecida

SUPERHÉROES

1. LOS DEFENSORES DE MUSKRAT CITY

1

2. EL ASALTO DE LOS GRILLOTOPOS

2

3. LA INVASIÓN DE LOS MONSTRUOS GIGANTES

3

4. SUPERMETOMENTODO CONTRA LOS TRES TERRIBLES

4

Geronimo Stilton
SUPERHÉROES

6

EL MISTERIO
DEL TRAJE AMARILLO

EL MISTERIO DEL TRAJE AMARILLO

DESTINO

Geronimo Stilton
SUPERHÉROES

LA TRAMPA DE
LOS SUPERDINOSAURIOS

LA TRAMPA DE LOS SUPERDINOSAURIOS

DESTINO

5